HOUSEKEEPER OF BUSINESS SUIT

KAZUMA KODAKA

Sommaire

HOUSEKEEPER OF BUSINESS SUIT — 003
WOLF MAN À PARTIR DE 5H DE L'APRÈS-MIDI — 033
LE CARNET DE RENDEZ-VOUS DU DOCTEUR ARIMA — 057
POUR QUI SONNE LE GLAS — 069
WOLF MAN À PARTIR DE 5H DE L'APRÈS-MIDI, SUITE ?! — 123
HOUSEKEEPER OF BUSINESS SUIT — 131
LE CARNET DE RENDEZ-VOUS DU DOCTEUR ARIMA, 2E PARTIE — 227
HOUSEKEEPER OF BUSINESS SUIT — 271

HOUSEKEEPER OF BUSINESS SUIT

AU SEIN DE LA SOCIÉTÉ D, SURNOMMÉE "LA BOÎTE À SERPILLIÈRES"…
LES DÉBUTS DE JOURNÉE SONT TOUJOURS TRÈS TENDUS…
スッ
GLOUPS
TANAKA, TON BUREAU...
OU... OUI !!
ON DIRAIT BIEN QUE TU AS BESOIN DES PRODUITS DE NOTRE SOCIÉTÉ

ALLÔ, BUREAU DES OPÉRATIONS COMMERCIALES, J'ÉCOUTE…
ピッ
UNE COMMANDE SPÉCIALE POUR TANAKA, UNE DOUZAINE DE KIT DE NETTOYAGE, S'IL VOUS PLAÎT
SNIF
SNIF
SNIF
OUAAAH
JE VOUS EN SUPPLIE... J'IMPLORE VOTRE PARDON, CHEF !
JE VAIS ME FAIRE TUER PAR MA FEMME !!
COURAGE, MONSIEUR TANAKA ! N'OUBLIEZ PAS LA RÉDUCTION SPÉCIALE POUR LES EMPLOYÉS !
OUIIIIIN
MON PAUVRE
ÇA VA ALLER, NE VOUS OCCUPEZ PAS DE MOI !
HUM...
TAKASHI KURI-HARA, CHEF DE LA SECTION MARKETING, SURNOMMÉ “MONSIEUR PRO-PRE” À CAUSE DE SON OBSESSION TYRANNI-QUE POUR LA PROPRETÉ
CE N'EST PAS POSSIBLE ! SUIS-JE LE SEUL À M'ACHARNER POUR FAIRE GRIMPER LES RÉSULTATS DE LA SECTION MARKETING ?!
VOUS FAITES ENCORE PLEURER LES SALARIÉS, CHEF ?!
ガチャッ

CONTINUEZ COMME ÇA, ET VOUS N'AUREZ BIENTÔT PLUS UN SEUL EMPLOYÉ !
ISAMU KATSURAGI, LE DON JUAN DE LA SOCIÉTÉ, CELUI AVEC QUI TOUT LE MONDE RÊVE DE COUCHER
FHH...
ISAMU, TU ES EN RETARD ! UN SIMPLE BONJOUR SERAIT PLUS DE RIGUEUR !
OUI, OUI, JE SAIS. BONJOUR CHEF
MA P'TITE HITOMI, TU VEUX BIEN ME SERVIR UNE TASSE DE THÉ FROID ?♡
D'ACCORD ♡
SI ON ME DEMANDE, JE SUIS DANS LA SALLE DE CONFÉRENCE
ENTENDU

HITOMI, TIENS, TU PEUX FINIR
KYAAH ! C'EST À MOI !
IL RESTE UNE GOR-GÉE !
CHEF !
QUOI ?!
VOUS ÊTES EN COLÈRE...
À PROPOS D'HIER SOIR ?

HIER SOIR, JE SUIS ALLÉ PRENDRE UN VERRE AVEC LE DIRECTEUR ET J'AI UN PEU ABUSÉ DE LA BOISSON...
CHEF...
CHEF, VOICI UN PEU D'EAU
J'ME SENS MAL...
UNE FOIS REMIS DE MA BEUVERIE, JE ME TROUVAIS CHEZ ISAMU SANS TROP SAVOIR COMMENT J'AVAIS ATTERRI LÀ
VOTRE CRAVATE EST BIEN TROP SERRÉE
ISAMU...
TU VEUX BIEN ME LA RETIRER ?

HUM...
...
ISAMU, ESPÈCE DE...
ESPÈCE D'IVROGNE, T'AS TELLEMENT BU QUE TU ME CONFONDS AVEC UNE FEMME !!
ÇA SUFFIT MAINTENANT, IMBÉCILE !
HEIN ?!

ISAMU !!
BIEN SÛR QUE JE SUIS EN COLÈRE !
À CAUSE DE TOI, JE SUIS DE TRÈS MAUVAISE HUMEUR CE MATIN !
PETIT MENTEUR ♡ J'AI BIEN VU QUE VOUS AVIEZ FAIT LE MÉNAGE CE MATIN AVANT DE PARTIR...
CELA VOUS A FAIT DU BIEN ET ÇA SE VOIT SUR VOTRE VISAGE. VOUS ÊTES ENCORE PLUS BEAU
MAIS... TU RÊVES OU QUOI ?! JE N'AI JAMAIS FAIT LE MÉNAGE CHEZ TOI...
NOUS N'AVONS PAS FAIT LES CHOSES DANS L'ORDRE, MAIS CE QUI EST SÛR, C'EST QUE JE NE PENSE PLUS QU'À VOUS !
LE MÉNAGE ?!
IL N'ÉCOUTE PAS
HEIN ?
MAIS OUI ! VOILÀ POURQUOI J'AI FAILLI ÊTRE EN RETARD CE MATIN !
LE MÉNAGE, C'EST QUE DU BONHEUR
MONSIEUR KURIH...
BEUH
SON APPARTEMENT...

IL VIENT DE SE REMÉMORER L'APPARTEMENT D'ISAMU, VISION CAUCHEMARDES-QUE QU'IL AVAIT REFOULÉE AU PLUS PROFOND DE SON CERVEAU
NE ME DITES PAS QUE J'AI DORMI DANS UNE PORCHERIE COMME LA SIENNE ?!
AU BEAU MILIEU DE TOUTES CES ORDURES ?!
RIEN QUE DE PENSER À VOUS HIER SOIR JE SUIS TOUT...
BEURK
OUAAAAH
MAIS QU'EST-CE QUI VOUS PREND, CHEF ?!

BOBOM...
IL EST TROP MIGNON
IL ÉTAIT TOUT CONFUS...
ISAMU, SEUL DANS SON COIN À SE FAIRE DES IDÉES ALORS QUE...
LA PROCHAINE FOIS, JE M'OCCUPE DE LUI QUAND IL SERA SEUL EN SALLE DE CONFÉRENCE !
COOL, PAS DE MEILLEUR ENDROIT POUR...♡
HI HI... J'AI BIEN ENVIE DE LE FAIRE PLEURER...
PENDANT LES JOURS QUI SUIVIRENT...
CHEF, LES DOCUMENTS QUE...
NE T'APPROCHE PAS À MOINS D'UN MÈTRE DE MOI !!
CHEF...
GRR !! NE TOUCHE PAS MON BUREAU, ESPÈCE DE DÉTRITUS AMBULANT !!
ISAMU EN GIGOLO
CHEF...
IL N'A PAS ARRÊTÉ D'ÊTRE REPOUSSÉ PAR SON CHEF
ARRIÈRE, CAFARD !!

ON DIRAIT BIEN QU'IL ME DÉTESTE MAIS PAS POUR LA RAISON À LAQUELLE JE M'ATTENDAIS
MOI, UN CAFARD ?!
CHEF, EST-CE QU'ISAMU EST ENCORE ABSENT AUJOURD'HUI ?
HEIN ?!
AH OUI...
ÇA FAIT DÉJÀ TROIS JOURS, J'ESPÈRE QUE SON RHUME NE S'EST PAS AGGRAVÉ ?
ET SI J'ALLAIS PRENDRE DES NOUVELLES DE NOTRE MALADE ?♡
NON !!
VLAM
EUH...
HEIN ?!
SON... SON APPARTEMENT EST TELLEMENT SALE... UN SPECTACLE BIEN TROP DUR POUR DES FEMMES COMME VOUS...
AU CONTRAIRE...
AVEC SON RHUME, IL N'EST PAS EN ÉTAT DE FAIRE LE MÉNAGE, ALORS C'EST NORMAL

EN TANT QUE SUPÉRIEUR, JE ME DOIS DE LUI RENDRE UNE PETITE VISITE, N'EST-CE PAS ?
ATCHOUM
AAH... J'EN PEUX PLUS, JE VAIS MOURIR...
AAH... SI SEULEMENT AVANT DE RENDRE L'ÂME, JE POUVAIS ME TAPER LE CHEF RIEN QU'UNE FOIS...
DING DONG
JE VAIS AVOIR LE NEZ TOUT DÉFORMÉ...
HEIN ?!

SI C'EST UN VENDEUR DE JOURNAUX, JE LE TUE !
ピンポーン
ピンポーン
VOILÀ, VOILÀ !
PLOF
CH... CHEF ?! C'EST QUOI CETTE TENUE...
BON SANG ?!
JE ME PERMETS !
AH ?!
むわ〜〜ん

GRRR
VOUS ÊTES VENU VOIR COMMENT JE ME PORTE, C'EST SI GENTIL À VOUS, CHEF !
TU ME GÊNES, POUSSE-TOI !
げしっ
ばたばたばたばたばたばた
ばたばたばたばたばたばた
ぱいっ
ぎゅっ

OUF, ON SE SENT MIEUX...♡
CHEF...
OUAAH !!
TU SENS SI MAUVAIS QUE JE T'AI PRIS POUR UN DÉCHET !
DÉSOLÉ, DÉSOLÉ
C'EST PAS SYMPA ÇA...
OH NON, TU AS DE LA FIÈVRE !
C'EST PAS BON DU TOUT !
JE BAIS BE COUCHER UN BEU...♡
OUAAH
JE VIENS DE FAIRE TON LIT, T'ES BIEN TROP SALE POUR TE COUCHER DEDANS !

ENLÈVE-MOI TOUT ÇA ! JE VAIS FAIRE UNE LESSIVE !
EUH... VOUS ÊTES SÛR ?
ポイ ポイ ポイ
YOUPIIII
BIEN...
ISAMU
OUI ?
ぎゅっ
JE VAIS TE NETTOYER UN PEU !
HEIN ?!

EUH... D'ACCORD, MAIS VOUS ÊTES SÛR...
AVEC GRAND PLAISIR MÊME
ARRÊTE DE DIRE DES SOTTISES !
TU NE PEUX PAS PRENDRE DE BAIN, ALORS ON N'A PAS LE CHOIX !
AAAH... QUEL MOMENT AGRÉABLE...
J'AI ENVIE DE LE FAIRE ENRAGER UN PETIT PEU...
LÈVE DONC UN PEU LE BRAS !
ぐき
POUR LE RESTE, TU T'EN CHARGES !
?!

HEIN ?!
がしっ
CHEF, VOUS NE VOULEZ PAS ME NETTOYER COMPLÈTEMENT ?
HORS DE QUESTION !
JE RENTRE, JE N'EN PEUX PLUS !
NE FUYEZ PAS ! C'EST TRÈS SÉRIEUX...
OUAAH !! JE NE VEUX RIEN ÉCOUTER ! J'AI BIEN COMPRIS QUEL TYPE DE PERSONNE TU ES !
MAIS JE SUIS SINCÈRE ! JE VOUS DIS QUE JE SUIS...
AMOUREUX DE VOUS !
TON COMPORTEMENT DE TOUS LES JOURS N'EST PAS DIGNE DE LA SOCIÉTÉ À LAQUELLE TU APPARTIENS...
AMOUREUX ?
MON COMPORTEMENT DE TOUS LES JOURS ?

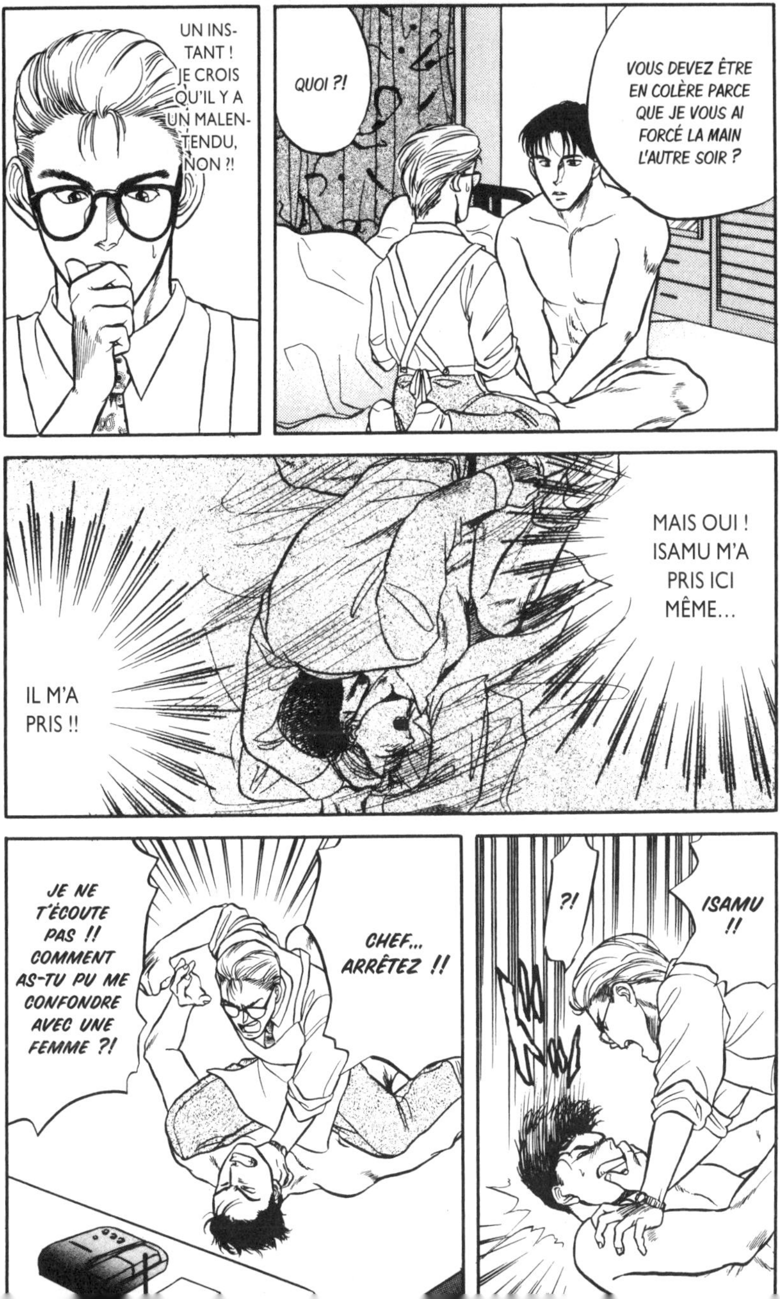

VOUS DEVEZ ÊTRE EN COLÈRE PARCE QUE JE VOUS AI FORCÉ LA MAIN L'AUTRE SOIR ?
QUOI ?!
UN INSTANT ! JE CROIS QU'IL Y A UN MALENTENDU, NON ?!
MAIS OUI ! ISAMU M'A PRIS ICI MÊME...
IL M'A PRIS !!
ISAMU !!
?!
CHEF... ARRÊTEZ !!
JE NE T'ÉCOUTE PAS !! COMMENT AS-TU PU ME CONFONDRE AVEC UNE FEMME ?!

VOUS CONFONDRE AVEC UNE FEMME ?!
QUAND EST-CE QUE J'AI PU DIRE UNE TELLE CHOSE ?!
...
HUM...

...
DANS CE CAS, QU'EST-CE QUI TE PERMET D'AFFIRMER QUE JE NE SUIS PAS...
LE SIMPLE REMPLAÇANT D'UNE FEMME ?
JE SUIS UN LÂCHE...
C'EST PARCE QUE JE VOUS AIME, CHEF...
N'EST-CE PAS SUFFISANT ?

TOUT S'ÉTAIT PASSÉ DE FAÇON NATURELLE…
J'AVAIS RÉUSSI À LUI FAIRE FAIRE SA DÉCLARATION…
SI TU M'AIMES VRAIMENT…
ALORS TU DOIS ÊTRE TENDRE AVEC MOI
NON ! ON NE PEUT PAS ALLER PLUS LOIN

JE NE PEUX PAS M'AR-RÊTER
TU AS DE LA FIÈVRE...
AH BON ? JE SUIS CHAUD ?
TU ES VRAIMENT MALADE ?
ALORS QU'IL ÉTAIT TOUT FAIBLE JUSTE AVANT...
TU PEUX ME DIRE COMBIEN DE TEMPS TU COMPTES ENCORE T'ABSENTER ? MOI, DEMAIN JE BOSSE...
JE NE VOUS FERAI PAS MAL AUJOURD'HUI, ALORS DU CALME !
T'ES STUPIDE OU QUOI ?! SI TON ÉTAT S'AGGRAVE CE NE SERA PAS DE MA...
FAUTE...
HUM... AAH...

ISAMU...
SLURP
ISAMU...
CHEF !!
MERDE ! IL EST TROP MIGNON, JE CRAQUE !
HEIN ?!
ISAMU, NON ! JE T'AI DIT QUE...
DEMAIN, JE BOSSE MOI !
DÉSOLÉ, MAIS JE NE PEUX PLUS ME RETENIR !

AAH...
CHEF, LAISSEZ-VOUS ALLER SINON ÇA RISQUE DE FAIRE MAL
AÏE
DANS CE CAS, ARRÊTE TOUT DE SUITE, IMBÉCILE !!
HUM...
DOUCEMENT, C'EST MIEUX COMME ÇA ?
VOUS POUVEZ ME GRIFFER AUTANT QUE VOUS LE VOULEZ...
SMACK
FLOP

CHEF...
AH...
HUM...
AH...
AH...
AH...
ISAMU...
HUM
HUM
AH AAAH!

AH... AH !
HUM
CHEF...
AH
AH
ISAMU !
...

CHEF...
VOUS AUREZ TOUT LE TEMPS DE PRENDRE VOTRE DOUCHE APRÈS...
ALORS VOUS NE VOULEZ PAS ME FAIRE ENTENDRE ENCORE VOS PETITS CRIS DE PLAISIR ?
NE PRENEZ PAS VOTRE DOUCHE AVEC LA COUETTE !
TAIS-TOI ! TU CROIS VRAIMENT QUE JE PEUX RESTER UNE SECONDE DE PLUS SALE COMME ÇA ?!
JE SUIS TOUT VISQUEUX, C'EST DÉGOÛTANT
ET SI ON LA PRENAIT ENSEMBLE ?
MAIS QU'EST-CE QUE TU RACONTES, MONSIEUR LE MALADE ?! J'Y VAIS SEUL !
UN POINT C'EST TOUT
J'AI LÂCHÉ LA DOSE EN VOUS, ALORS VOUS ALLEZ AVOIR BESOIN D'UN COUP DE MAIN
JE VOUS AIME, CHEF ♡

IL A LÂCHÉ …
EN MOI ?!
BEURK !!
OUAAAAAAH
たぱぱぱぱ
たぷたぷたぷ
AAAAAAH
ポロ…
LE LENDEMAIN
ISAMU EST ENCORE EN RETARD ?!
À QUI EST CE BUREAU ?! C'EST BIEN CELUI DE SUZUKI ?
VA DONC ACHETER UNE DOUZAINE DE SERPILLIÈRES À LA SECTION COMMERCIALE, IMBÉCILE !
OUIIN OUIIN

C'EST BON, CETTE FOIS C'EST LE LICENCIE- MENT !
BEN DIS DONC, C'EST PIRE QUE D'HABITUDE AUJOURD'HUI
PSS PSS
BONJOUR CHEF
AH, LE VOILÀ, CHEF !
AH
CHEF, JE COMPTE SUR VOUS POUR NETTOYER VOTRE VOMI DANS MA CHAMBRE ♡
IL SE TROUVE TOUJOURS LÀ OÙ VOUS L'AVEZ FAIT
がしゃ
がしゃ
QUE QUELQU'UN FASSE SORTIR CE GROS DÉCHET !!
ぐしゃ
HOUSEKEEPER OF BUSINESS SUIT – END

WOLF MAN
À PARTIR DE 5H DE L'APRÈS-MIDI

LA SOCIÉTÉ D, SURNOMMÉE "LA BOÎTE À SERPILLIÈRES", BUREAU D'ÉTUDES
CHEF, ALLONS DÉJEUNER !
BUREAU D'ÉTUDES
ISAMU KATSURAGI, LE DON JUAN DE LA SOCIÉTÉ, LE FANTASME DE TOUTES LES FILLES
H.5 FICHIER ÉQUIPEMENT
TIENS ? OÙ EST PASSÉ LE CHEF ?
LE CHEF, IL EST OCCUPÉ AVEC CETTE AFFAIRE... AÏE AÏE !
MONSIEUR MANGE LE BENTO PRÉPARÉ PAR SA PETITE FEMME CHÉRIE
QUELLE AFFAIRE ?!
QUOI ?

ISAMU, VOUS N'ÊTES PAS AU COURANT ?
DE QUOI ?!
IL EST PARTI EN VOYAGE D'AFFAIRES ?
PAS DU TOUT ! IL S'AGIT D'UN RENDEZ-VOUS ARRANGÉ !
HI HI ♡
UN RENDEZ-VOUS ARRANGÉ... AH BON...
QUOI ?! UN RENDEZ-VOUS ARRANGÉ ?!
OUI ! TANT PIS POUR LE CHEF, MAIS VOUS ÊTES ENCORE LÀ, ISAMU
UN PETIT BISOU ?
VOUS PARLEZ TROP FORT
MAIS POURQUOI JE NE SUIS PAS AU COURANT ?!
PEU IMPORTE, C'EST LA VÉRITÉ
ÇA VOUS DIT D'ALLER DÉJEUNER AVEC MOI ?
POURQUOI NE M'EN A-T-IL PAS PARLÉ ?!
POUR-QUOI, CHEF ?!
IL EST TEMPS QUE VOUS LE LÂCHIEZ UN PEU, SINON IL VA AVOIR DES PROBLÈMES
BIEN, ALLONS MANGER ENSEMBLE !

でんっ
ET DIRE QUE J'AVAIS RÉSERVÉ UNE BELLE CHAMBRE D'HÔTEL CE WEEK-END, EXPRÈS POUR LUI !
IL N'AIME PAS TROP VENIR CHEZ MOI...
SI ÇA SE TROUVE, LE CHEF...
HEIN ?!
NE LE REGARDEZ PAS ! NE VOUS APPROCHEZ PAS DE LUI !
ISAMU, TU ES GÉNIAL ♡
VOUS FAITES UN SI BEAU COUPLE, JE VOUS SOUHAITE BEAUCOUP DE BONHEUR
N'ATTEND QU'UNE CHOSE, C'EST QUE JE L'EN EMPÊCHE !
C'ÉTAIT DONC ÇA !
PFF...
JE L'AIME BEAUCOUP MÊME QUAND IL AGIT BIZARREMENT
IL EST VRAIMENT TRÈS TIMIDE, MAIS C'EST UN POINT DE SA PERSONNALITÉ QUE J'APPRÉCIE
C'EST VRAI
IL EST MIGNON
ON NE S'EN LASSE PAS
ALLONS MANGER !

EXCUSEZ-MOI
PFF...
SALLE DE CONFÉRENCE
OCCUPÉE
TAKASHI KURIHARA, CHEF DU BUREAU D'ÉTUDES
QUE FAIRE ?
MOI QUI PENSAIS POUVOIR M'EN SORTIR FACILEMENT…
IL PARAÎT QU'ELLE EST TOMBÉE AMOUREUSE DE VOUS DÈS QU'ELLE VOUS A VU
VOUS ÊTES UN GRAND CHANCEUX, VOUS SAVEZ
COMPLÈTEMENT LAS
JE NE SAVAIS PAS QU'IL S'AGISSAIT DE LA NIÈCE DU PRÉSIDENT
COMMENT A-T-IL OSÉ INSINUER QUE JE N'AVAIS PAS DE COPINE, MONSIEUR "J'AI TROIS POILS SUR LE CAILLOU"
QUEL IMBÉCILE !! SI C'EST LE CAS, C'EST PARCE QUE JE BOSSE COMME UN FOU !
J'AI PAS UN SEUL MOMENT POUR ÇA

CHEF, JE VOUS AI TROUVÉ !
BO BOM
ISAMU, ÇA SUFFIT !
ON DIRAIT UN PETIT TOUTOU
TROUVER LA PERSONNE DE MA VIE...
C'EST PARCE QUE JE VOUS AIME, CHEF...
SI ÇA SE TROUVE...

ISAMU VA M'EN EMPÊCHER ?
EUH... ISAMU...
OUI, QU'Y A-T-IL ?
ISAMU, POURQUOI ÊTES-VOUS PARTI EN NOUS LAISSANT COMME ÇA ?!
EUH... NON, CE N'EST RIEN...
TRÈS BIEN
JE SUIS AU COURANT DE CETTE FAMEUSE AFFAIRE
JE VOUS DIS QUE JE SAIS TOUT, ALORS PAS BESOIN DE VOUS INQUIÉTER !
ARRÊTE DE ME COLLER !
ALLEZ-Y, DONNEZ-VOUS À FOND !!

AH, TAKASHI, LE RENDEZ-VOUS AURA LIEU À L'HÔTEL CENTURY HYATT...
VLAN
OUPS
C'ÉTAIT QUOI CE BRUIT ?
LA FORCE DE L'AMOUR ! MÊME SI J'AI UN PEU MAL...
RIEN
QU'EST-CE QUI VIENT DE SE PASSER ?
IL EST EN COLÈRE ! LE CHEF EST BIEN CONNU POUR SON IMPATIENCE
HEIN ?! L'HÔTEL CENTURY HYATT ?!
ATTENDEZ UN PEU…
MAIS NE SERAIT-CE PAS LE MÊME QUE CELUI QUE J'AI RÉSERVÉ ?!
5012
RESERVE
LE JOUR DU RENDEZ-VOUS
CE RENDEZ-VOUS ARRANGÉ… IL SUFFIT QUE JE NE LUI PLAISE PAS ET C'EST BON
DÉSOLÉ, JE SUIS EN RETARD...
VOUS ÊTES BIEN MADEMOISELLE MISAKO AIDA ?
AH

ENCHANTÉ, JE SUIS TAKASHI KURIHARA
JE NE SUPPORTE PAS D'ÊTRE MANIPULÉ PAR LES AUTRES !
EN... ENCHANTÉE, JE M'APPELLE MISAKO AIDA...
AH... ELLE EST MIGNON-NE...
NON ! JE SUIS BÊTE OU QUOI ?!
DÉSOLÉ, MAIS LA PONCTUALITÉ ET MOI, ÇA FAIT DEUX... EN PLUS, CETTE TENUE...
ELLE EST VRAIMENT DÉBRAILLÉE...
POURTANT, ELLE VOUS VA TRÈS BIEN...
HÉ HÉ
HA HA HA
SMILE

にこにこにこにこ
J'AI PERDU MON COURAGE… J'AI DU MAL À REFUSER MAINTENANT
EN PLUS, CETTE ATMOSPHÈRE SEREINE…
C'EST VRAIMENT MÉCHANT DE VOTRE PART…
HEIN ?!
VOILÀ DONC LA RAISON POUR LAQUELLE VOUS M'AVEZ APPELÉ
ISAMU ?!
VOUS ÊTES LE SEUL QUE J'AIME…
C'EST VOTRE PETIT AMI ?
がしっ
NON, PAS DU TOUT ! C'EST UN DE MES EMPLOYÉS…

I... ISAMU
HUM
HÉ
BEN
HUM
EUH
OUAH
QUELLE CHANCE !
JE VAIS DEVOIR RESTER LÀ CE SOIR
HUM
AH...
OUPS
ÇA NE VA PAS SE TERMINER COMME ÇA !
?!

JE PENSE QUE VOUS AVEZ COMPRIS MADEMOISELLE, ALORS VEUILLEZ NOUS EXCUSER
AH !
MAIS QU'EST-CE QUE TU RACONTES, ISAMU ?!
TU ME FAIS MAL ! LÂCHE-MOI TOUT DE SUITE !!
ひょい
OUAH
DES-CEND-MOI !!
IL EST CHARMANT...
?!
ドサッ
5012
IMBÉCILE, JE TE DIS DE ME LÂCHER, TU NE COMPRENDS PAS ?!
JE PEUX SAVOIR À QUOI TU JOUES ?!
ET C'EST QUOI CETTE CHAMBRE ?!
UNE CHAMBRE QUE J'AVAIS RÉSERVÉE POUR NOUS DEUX

AFIN QUE NOUS PASSIONS LE WEEK-END ENSEMBLE
C'EST PAS INTERDIT À CE QUE JE SACHE
LAISSE-MOI PASSER !
JE DOIS ALLER M'EXCUSER AUPRÈS D'ELLE SINON...
QU... QUOI ?!
AÏE !
NON MAIS QU'EST-CE QUE TU FABRIQUES ENCORE ?! ÇA SUFFIT MAINTENANT, IMBÉCILE !!
DÉTACHE-MOI IMMÉDIATEMENT !
C'EST VOUS L'IMBÉCILE !
JE CROIS QUE VOUS N'AVEZ PAS ENCORE COMPRIS À QUEL POINT JE PEUX ÊTRE POSSESSIF

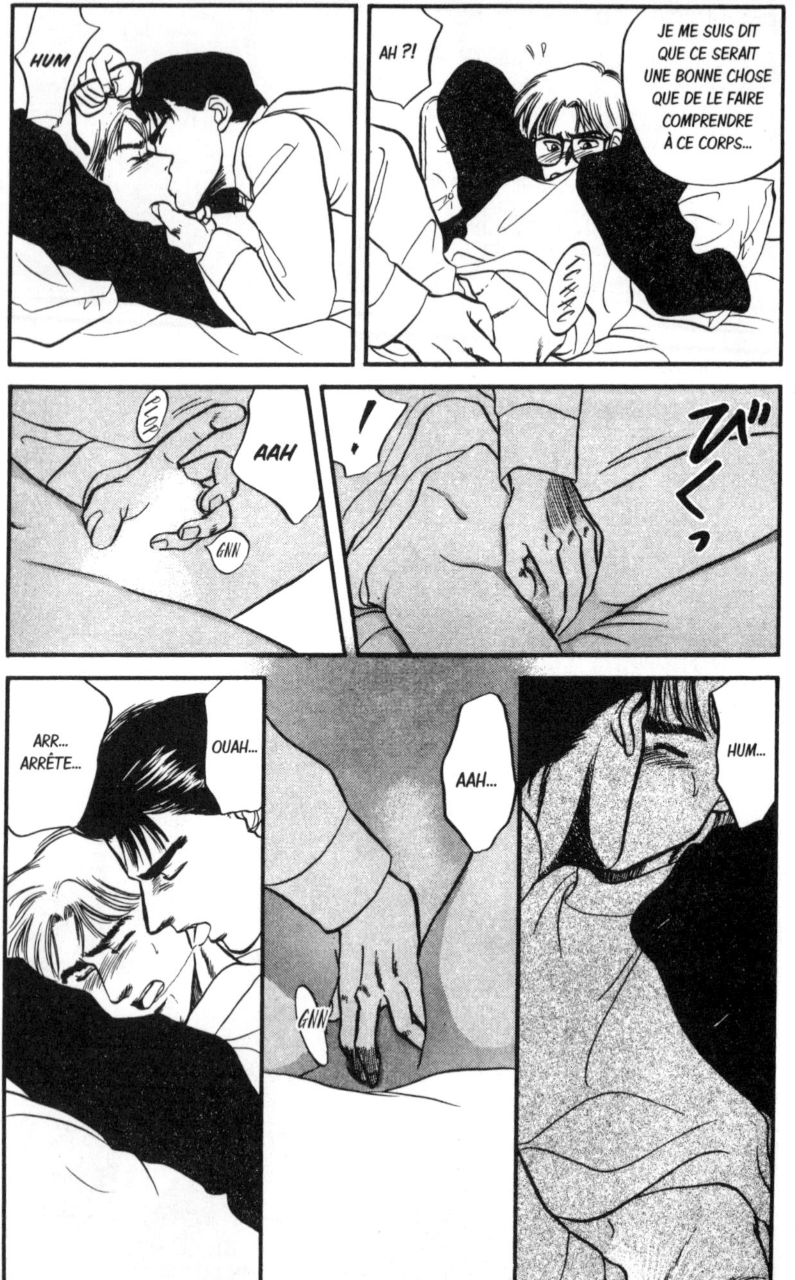
AH ?!
JE ME SUIS DIT QUE CE SERAIT UNE BONNE CHOSE QUE DE LE FAIRE COMPRENDRE À CE CORPS...
TCHAC
HUM
!
びくっ
AAH
PLOP
GNN
HUM...
AAH...
GNN
OUAH...
ARR... ARRÊTE...

AH
AH
AH...
SLURPS
HUM !
DITES CHEF...
VOUS AVEZ AUSSI ENVIE QUE JE VOUS SUCE PLUS BAS ?
AH
AH
POURQUOI FAIS-TU ÇA...
ALORS QUE C'EST TOI QUI M'AS POUSSÉ...
À VENIR À CE RENDEZ-VOUS ?

TU TE FICHES DE MOI...
HEIN ?! C'EST QUOI ÇA ?!
ALORS LAISSE-MOI TRANQUILLE !
TU CROIS QUE JE SUIS TON JOUET...
CHEF... NE PLEUREZ PAS...
NE ME TOUCHE PLUS ! JE TE DÉTESTE !
JE SUIS DÉSOLÉ CHEF...
シュル!..
ÇA VOUS A FAIT MAL ? DÉSOLÉ...
ESPÈCE... ESPÈCE DE...
VOUS SAVIEZ QUE J'ALLAIS VOUS EN EMPÊCHER, C'EST POURQUOI VOUS AVEZ ACCEPTÉ, N'EST-CE PAS ?
JE M'EN FICHE... JE RENTRE...
C'EST DE MA FAUTE... MAIS C'EST PARCE QUE JE VOUS AIME À LA FOLIE, ALORS PARDONNEZ-MOI !
JE RENTRE...
NON CHEF...

VOUS VOIR SOURIRE DEVANT ELLE M'A RENDU JALOUX...
ET JE N'AI PAS SUP-PORTÉ...
PARDON, PARDON ! Ç'A ÉTÉ DUR
なでなで
JE PEUX SAVOIR COMMENT FONCTIONNE TON CERVEAU ?!
JE NE PENSE QU'À VOUS, TOUT MON CORPS NE PENSE QU'À VOUS, VOUS VOULEZ VOIR ?
NON PAS VRAIMENT...
JE VOUS AIME JUSQU'AU BOUT DES ONGLES
ARRÊTE DE FAIRE COMME SI TOUT ÉTAIT DE MA FAUTE...
C'EST LE CAS POURTANT, VOUS M'AVEZ COMPLÈTEMENT ENVOÛTÉ
JE TE DÉTESTE...
CH... CHEF...
JE TE DÉTESTE !!

...
GLURPS
?!
ぐぐぐぐっ
ENFIN, C'EST PAS TROP TÔT
LA SITUATION DEVIENT PLUS CHAUDE
がばっ
OUI MAIS NE T'EXCITE PAS TROP, JE T'EN SUPPLIE !
PAS DE SOUCI ! VOUS SAVEZ CE QUE C'EST ?
LA RÉPONSE EST DE L'HUILE L'OLIVE
HEIN ?!
DE L'HUILE D'OLIVE ?!
NE ME DIS PAS QUE TU AVAIS TOUT PRÉVU ?!
CE N'EST PAS LA MANIÈRE OFFICIELLE, MAIS JE PRÉFÈRE QUE VOUS APPRÉCIEZ PLUTÔT QUE VOUS AYEZ MAL LA PREMIÈRE FOIS
NON, ARRÊTE !! IMBÉCILE !!

HUM
AAH...
HUM
C'EST DOULOUREUX ?
NON... MAIS...
VOUS N'AIMEZ PAS ?
NON... MAIS...
TU PEUX VENIR, JE PENSE QUE ÇA VA ALLER
MAIS VAS-Y DOUCEMENT !
CHEF, JE VOUS AIME ♡
COOL !
SMACK
AH...
OH ♡

INCROYABLE... JE VOUS AI DÉJÀ PÉNÉTRÉ À MOITIÉ ET VOUS N'AVEZ PAS MAL !
SI UN PEU MAIS...
MOI, ÇA ME FAIT UN BIEN FOU...♡
HUM
HAN ! TU ES MÉCHANT !
OH
AH
AAH...
OH
AH... AH
HAN
PAF
PAF
AAH
AAH... ISAMU...
AH
HAN
CHEF, C'EST SI BON...
HUM... IMBÉCILE
AH
AH
AN
OH

AAH... JE...
JE...
JE N'EN PEUX PLUS, ISAMU...
SLURP
AH
AHH
HUM...
PAT
JE VAIS JOUIR...
POK

ぎゅっ
AAAH !
AAAAAAH
PFF
PFF
AAAH
ドサ…

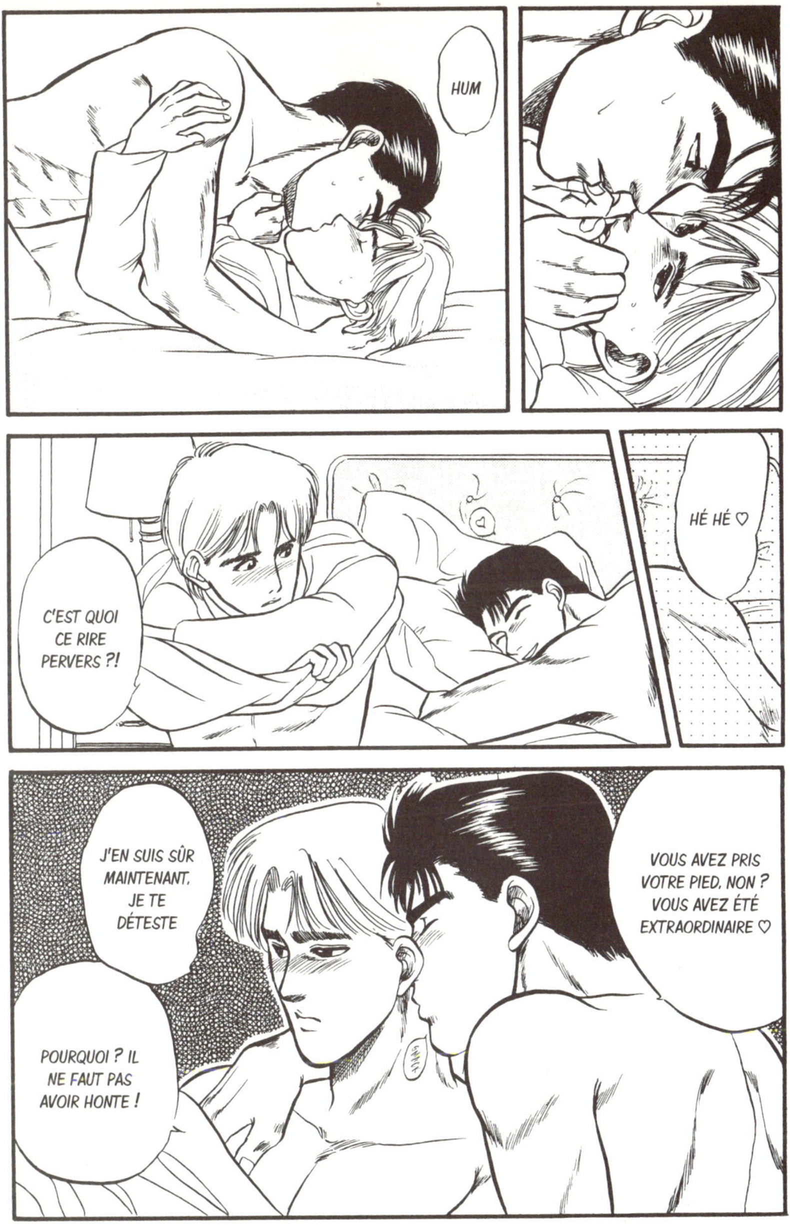
HUM
HÉ HÉ ♡
C'EST QUOI CE RIRE PERVERS ?!
VOUS AVEZ PRIS VOTRE PIED, NON ? VOUS AVEZ ÉTÉ EXTRAORDINAIRE ♡
J'EN SUIS SÛR MAINTENANT, JE TE DÉTESTE
POURQUOI ? IL NE FAUT PAS AVOIR HONTE !

WOLF MAN À PARTIR DE 5H DE L'APRÈS-MIDI – END

YUSUKE BEPPU (18 ANS), RÉSIDENT DANS L'ARRONDISSEMENT DE SAKABASHI, ÉTAIT TRÈS ANGOISSÉ
JE DÉTESTE LES AIGUILLES… ALORS LE DENTISTE, L'ACUPONCTEUR, C'EST TOUJOURS TRÈS DIFFICILE POUR MOI
EN EFFET…
LE CARNET DE RENDEZ-VOUS DU DOCTEUR ARIMA
LE CAS DE YUSUKE BEPPU
J'AI VRAIMENT LA PHOBIE DES PIQÛRES !
ARIMA

じぃ〜〜っ
MADAME SASAKI, JE VOUS EN PRIE
さっ
MON GARÇON...
C'EST LA PREMIÈRE FOIS QUE TU FAIS DE L'ACUPONCTURE ?
LES VIEUX PARLENT TRÈS FACILEMENT AUX INCONNUS
OUI, C'EST LA PREMIÈRE FOIS...
JE SUIS SÛRE QUE TU AS PEUR
NON, PAS DU TOUT !
BIEN SÛR, ALORS POURQUOI TES JAMBES TREMBLENT-ELLES AUTANT ?
ARRÊTEZ !
IL A PEUR, IL A UNE PEUR BLEUE
HÉ HÉ HÉ HÉ

MERCI BEAUCOUP
AAAAH
AH
PRENEZ SOIN DE VOUS
MADAME NAKAMURA, C'EST À VOUS
...
C'EST UN BEL HOMME ♡
ÇA NE VEUT PAS DIRE QU'IL SOIT DOUÉ POUR AUTANT !
C'EST AVEC MON CORPS QUE JE VAIS JUGER DE SON TALENT !
HÉ HÉ HÉ
T'ES TOUJOURS AUSSI PERVERSE, GRANDE SŒUR !
J'AI ENVIE DE PARTIR LOIN DE CES DEUX SORCIÈRES

VEUILLEZ RANGER VOS CHAUSSURES DANS LES CASIERS
ぽっ…ん
W-C
MIAOU...
ÇA M'EMBÊTE UN PEU D'ÊTRE LE DERNIER À PASSER…
ÇA SUFFIT ! JE SUIS EN TRAIN DE ME STRESSER POUR RIEN !
そわそわ
MONSIEUR BEPPU, C'EST À VOUS
O... OUI !
がたたっ
ドサ

ENTREZ, JE VOUS EN PRIE
PFF...
OUAH
IL S'EST MOQUÉ DE MOI...
GRRR
BIEN
VOUS FAITES PARTIE DU CLUB DE FOOT-BALL ?
OUI
DITES-MOI OÙ VOUS AVEZ MAL
J'AI MAL AUX CHEVILLES MAIS SURTOUT AUX MOLLETS
TRÈS BIEN, JE VAIS VOUS EXAMINER

きゅ
きゅっ
HEIN ?!
ぞくっ
C'EST QUOI CETTE SENSATION ?!
さわ
OOH
IL EST SIMPLEMENT EN TRAIN DE ME TOUCHER LA JAMBE…
さわ
OOH
さわ
さわ
C'EST BON…
AAH
ÇA VOUS FAIT MAL ?

AH
HEIN ?! NON... NON, JE N'AI PAS MAL
EN TOUT CAS, CE N'EST PAS UNE ENTORSE
QUEL IMBÉCILE, POURQUOI JE ROUGIS ?!
BIEN, ALLONGEZ-VOUS SUR LE VENTRE, S'IL VOUS PLAÎT
EUH
J'AI L'IMPRESSION D'ÊTRE UN POISSON
OUPS !!
ぴゃっ
OUIIN... OUIIN...
OUAAAH
SNIF SNIF SNIF

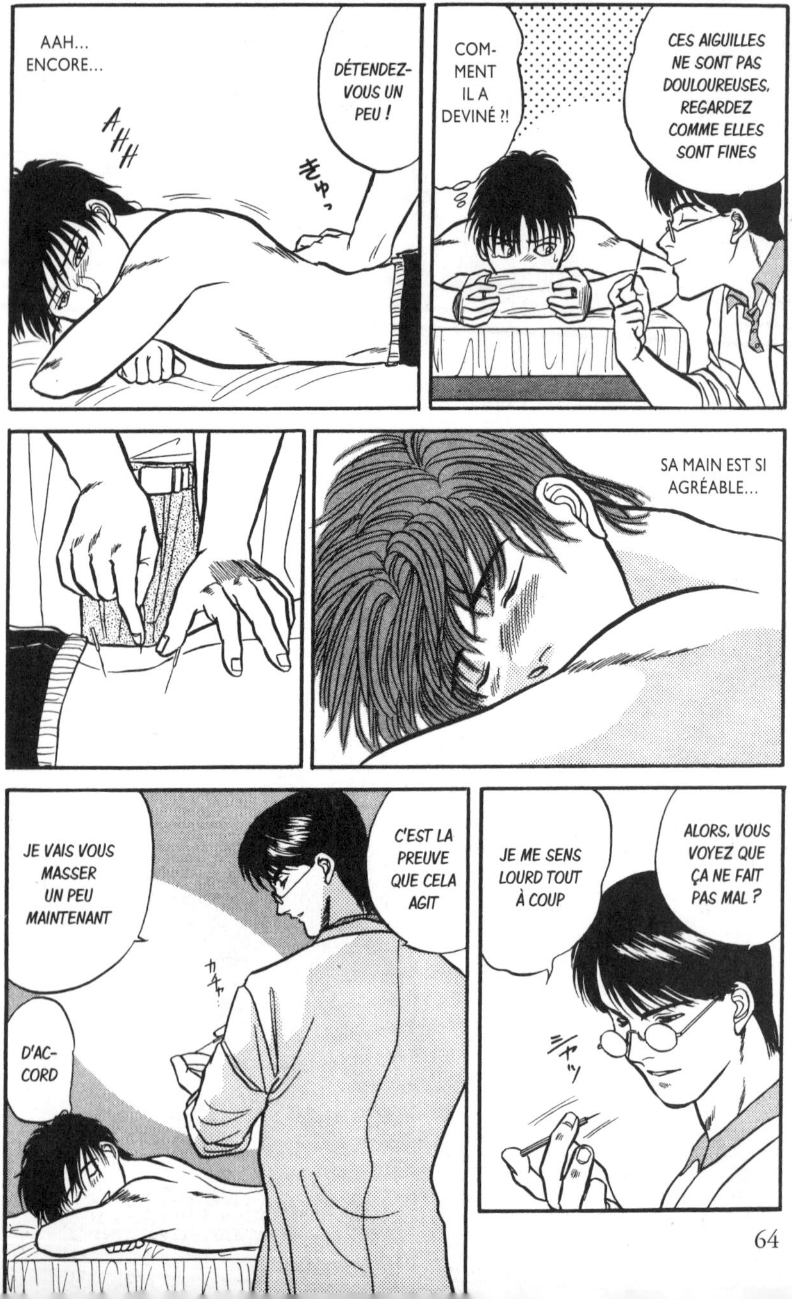

CES AIGUILLES NE SONT PAS DOULOUREUSES, REGARDEZ COMME ELLES SONT FINES
COM-MENT IL A DEVINÉ ?!
DÉTENDEZ-VOUS UN PEU !
AAH... ENCORE...
AHH
SA MAIN EST SI AGRÉABLE...
ALORS, VOUS VOYEZ QUE ÇA NE FAIT PAS MAL ?
JE ME SENS LOURD TOUT À COUP
C'EST LA PREUVE QUE CELA AGIT
JE VAIS VOUS MASSER UN PEU MAINTENANT
D'AC-CORD

HEIN ?
AAH… QUE FAIRE ?! C'EST TROP BON…
METTEZ-VOUS À GENOUX UN PETIT PEU
C'EST DIFFÉRENT… QUELQUE CHOSE A CHANGÉ…
J'AI DU MAL À CONTRÔLER MON CORPS
AHH
VOUS CONNAISSEZ LES POINTS DU CORPS HUMAIN ?
IL SUFFIT DES LES STIMULER CONVENABLEMENT POUR QUE…
AHH
JE N'EN PEUX PLUS, JE NE TIENS PLUS…

LES DOULEURS DISPARAISSENT
AAH...
はっ
そそくさ
JE... JE VAIS RENTRER, MERCI !
ÇA CRAINT, JE... BANDE !
CE N'EST PAS FINI !
DE QUOI PARLEZ-VOUS ?!
RESTEZ TRANQUILLE, JE NE VOUS FERAI QUE DU BIEN
...
ごくっ

JE NE DOIS PAS M'EXCITER JUSTE PARCE QUE SES MAINS ME FONT DU BIEN…
JE PENSE… QU'ON DEVRAIT ARRÊTER…
AH
AH
さわ
OUAH !!
DOC-TEUR, MAIS…
かぱっ
HUM
AAH
INCROYA-BLE…
NON…
QUE FAIRE ?! SI ÇA CONTINUE, JE VAIS…
JE…
DOCTEUR… AAH…
VOUS ÊTES TRÈS SENSIBLE, YUSUKE…
BIEN, DITES-MOI CE QUE VOUS VOULEZ QUE JE VOUS FASSE MAINTENANT !

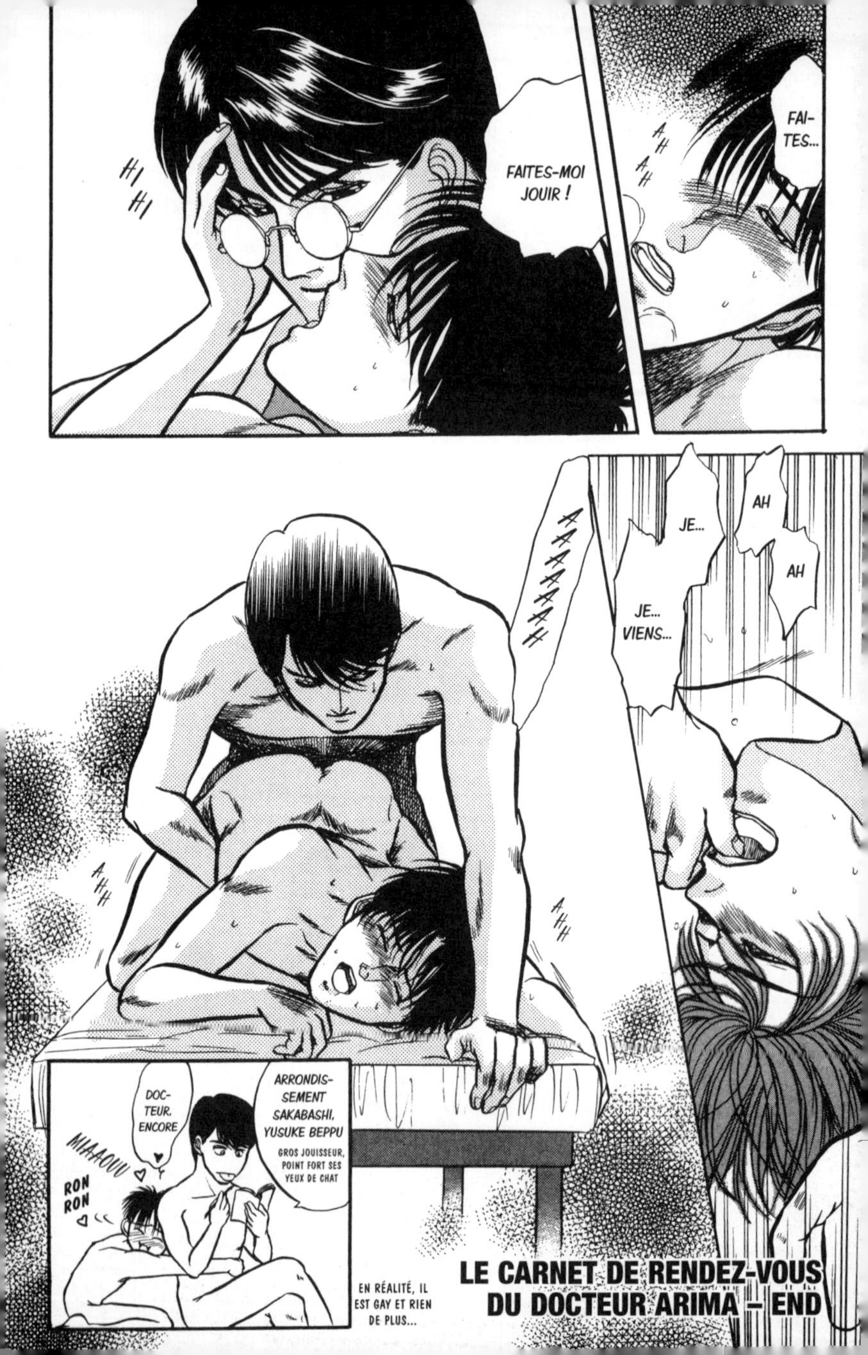

FAI-TES...
AH AH AH
FAITES-MOI JOUIR !
HI HI
AH
JE...
AH
JE... VIENS...
AAAAAAAAAH
AHH
AHH
ARRONDIS-SEMENT SAKABASHI, YUSUKE BEPPU
GROS JOUISSEUR, POINT FORT SES YEUX DE CHAT
DOC-TEUR, ENCORE
MIAAOUU
RON RON
EN RÉALITÉ, IL EST GAY ET RIEN DE PLUS...
LE CARNET DE RENDEZ-VOUS DU DOCTEUR ARIMA – END

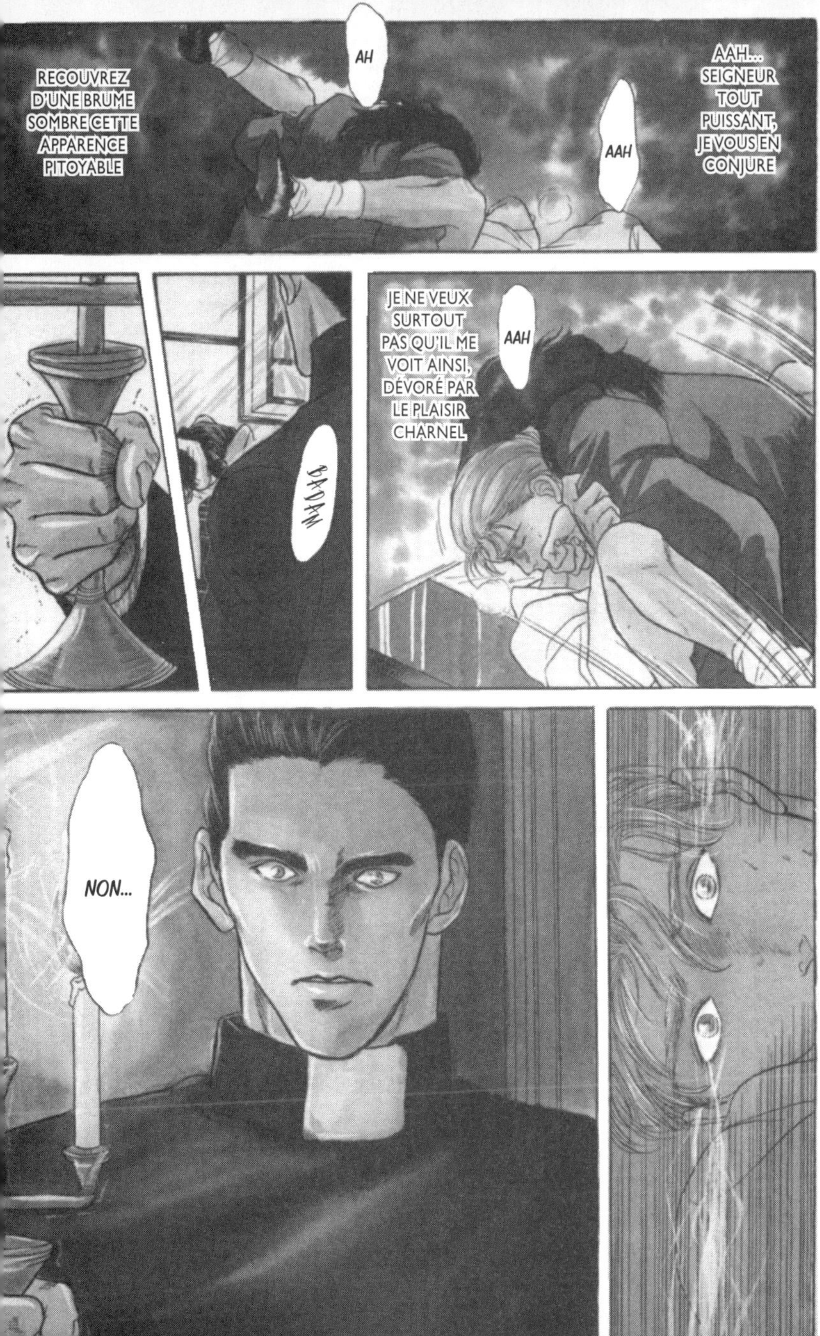
AAH... SEIGNEUR TOUT PUISSANT, JE VOUS EN CONJURE
AAH
AH
RECOUVREZ D'UNE BRUME SOMBRE CETTE APPARENCE PITOYABLE
JE NE VEUX SURTOUT PAS QU'IL ME VOIT AINSI, DÉVORÉ PAR LE PLAISIR CHARNEL
AAH
BADAM
NON...

NE... NE REGARDE PAS, SID !
NOOOOOOOON !!

POUR QUI SONNE LE GLAS

[1] "Si nous disons que nous sommes en communion avec Lui, et que nous marchions dans les ténèbres, nous mentons, et nous ne pratiquons pas la vérité."

Nouveau Testament, première épître de Saint Jean, chapitre 1, verset 6.

MON PÈRE, J'ESPÈRE QUE VOUS ME LIREZ ENCORE TOUT PLEIN D'HISTOIRES !
TU ES TOUJOURS LE BIENVENU ICI, ALORS CE SERA AVEC GRAND PLAISIR
PATRICK
SID
CET APRÈS-MIDI, NOUS ALLONS AVOIR LA VISITE DE MONSIEUR ET MADAME ROBERT QUI VIENNENT NOUS OFFRIR DES TOMATES DE LEUR JARDIN
MAIS OUI, C'EST VRAI
QU'EST-CE QUE CELA ?

TU AS BIEN GRANDI, IL EST LOIN LE TEMPS OÙ TU T'AGRIPPAIS AUX ROBES DES BONNES SŒURS
HA HA HA HA
ÇA SUFFIT, JE NE SUIS PLUS UN ENFANT !
CINDY M'A OFFERT CE PETIT CADEAU POUR ME REMERCIER DE LUI AVOIR FAIT LA LECTURE
AH
ISAAC ?!

CET HOMME...
OUI, C'EST BIEN LUI...
ATTENDEZ UN INSTANT !
IL AVAIT...
UN REGARD VRAIMENT TRÈS TRISTE...
IL VIENT TOUS LES JOURS, MAIS PAS POUR SE CONFESSER. IL RESTE LÀ PUIS S'EN VA...
MAIS DÈS QUE J'ESSAIE DE LUI PARLER, IL S'ENFUIT COMME TOUT À L'HEURE...
SANS DOUTE AIMERAIT-IL CONFIER QUELQUE CHOSE AU SEIGNEUR...

IL VOUS RESSEMBLE BEAUCOUP
LA PREMIÈRE FOIS QUE JE L'AI VU, J'AI ÉTÉ SURPRIS...
IL A LES MÊMES CHEVEUX BRUNS QUE VOUS
PATRICK
TU FERAIS BIEN DE NE PAS T'APPROCHER DE LUI
IL DÉGAGE QUELQUE CHOSE DE MALSAIN... CET HOMME NE VIT PAS DANS LE MÊME MONDE QUE NOUS
SID, CELA NE VOUS RESSEMBLE PAS... VOUS QUI PRÊCHEZ TOUJOURS L'ÉGALITÉ DES ÊTRES HUMAINS...
PATRICK, TU NE DOIS PAS T'APPROCHER DE CET HOMME...
SURTOUT PAS !

ARRÊTE ISAAC !
RENDS-MOI ÇA !
QUAND EST-CE QUE TU VAS DEVENIR UN HOMME, UN VRAI ET ARRÊTER DE CROIRE EN UN DIEU QUI N'EXISTE PAS ?!
COMME ÇA, TU AS L'INTENTION DE DEVENIR PRÊTRE ?

JE ME MOQUE DE CE QUE TU PENSES
J'AI L'INTENTION D'ENTRER DANS LES ORDRES
J'AI PRIS MA DÉCISION !
TU DOIS T'AMENDER, ISAAC
NE SERAIT-CE QUE POUR PRIER POUR LE REPOS DE NOTRE MÈRE
NE ME FAIS PAS RIRE !
AURAIS-TU DÉJÀ OUBLIÉ, ISAAC, TOUT CE QUE TON PRÉTENDU DIEU NOUS A FAIT ENDURER ?!
LES CROYANTS SERONT TOUS SAUVÉS ?! C'EST VRAI QUE MÈRE ÉTAIT TRÈS CROYANTE...
À TEL POINT, QU'ELLE NE PRENAIT PAS DE MÉDICAMENTS PENSANT QUE SA FOI SEULE POURRAIT LA SAUVER !

ELLE A ÉTÉ TUÉE PAR TON DIEU !
RETIRE CE QUE TU VIENS DE DIRE IMMÉDIATEMENT OU BIEN TA JOUE GAUCHE SERA LA PROCHAINE !
FINALEMENT
TU ES VRAIMENT UN HOMME BIENHEUREUX, GRAND FRÈRE
SI ÇA SE TROUVE, IL T'ARRIVE DE TE MASTURBER EN PENSANT À LA VIERGE
JE NE SUPPORTE PLUS DE VIVRE DANS UNE TELLE FAMILLE ! JE M'EN VAIS !

ドサ…
バーンッ
MÈRE…
ISAAC…
SI SEULEMENT, NOUS POUVIONS REVENIR DANS LE PASSÉ, À CETTE ÉPOQUE…
SEIGNEUR, JE VOUS CONJURE DE M'AIDER…

BIEN, JE VAIS RENTRER EN PREMIER
JE PRÉPARERAI DU THÉ POUR QUE NOUS DÉGUSTIONS LES BISCUITS OFFERTS PAR CINDY
D'AC-CORD
...
キィ…
スッ

J'AIME-RAIS...
ME CONFESSER, MON PÈRE
IL ME FAIT PENSER À SID...
AVEC PLAISIR
QUELLE RESSEMBLANCE...
...
PLUS JE LE REGARDE DE PRÈS ET PLUS...

DIEU VIENT EN AIDE À TOUTES LES PERSONNES PERDUES
CROYEZ EN LA PUISSANCE DIVINE ET CONFESSEZ VOS ACTES
JE...
JE NE CROIS PAS EN VOTRE DIEU !
VOUS ÊTES LÀ POUR ESSAYER DE CHANGER D'AVIS ?
NON
MAIS ALORS POURQUOI...
ガタン
?!
ガチャッ

VOUS... VOUS N'AVEZ PAS LE DROIT D'ENTRER ICI !
?!
NON...
げほっ
PAS D'ACTES DE VIOLENCE AU SEIN DE L'ÉGLISE...
HUM...

MAIS QU'EST-CE QUE...
ARRÊTEZ !
HUM...
HEIN ?!
?!

NON !!
JE VAIS...
JE VAIS APPELER À L'AIDE !
FAITES COMME VOUS VOULEZ, LE PLUS EMBARRASSÉ CE NE SERA PAS MOI !
UN PRÊTRE EN TRAIN DE COUCHER AVEC UN HOMME DANS UN LIEU SAINT...
VOS FIDÈLES SERONT BIEN TRISTES D'APPENDRE CETTE NOUVELLE !
TU AS ENVIE DE ÇA, N'EST-CE PAS ?
HUM
JE SUIS CERTAIN QUE TU AS ENVIE QU'IL TE PRENNE AINSI
MAIS QU'EST-CE QUE VOUS RACONTEZ ?
LÂCHEZ-MOI IMMÉDIATEMENT !

JE SAIS BIEN CE QUE TU VOIS EN ME REGARDANT
PROFÉRER CE GENRE DE PRÉCEPTES À LA NOIX ATTISE TON DÉSIR SEXUEL...
ET TU AIMES ÇA, JE ME TROMPE ?!
?!
SID !
AH...

C'EST FAUX, JE...
TU NE SAIS MÊME PAS CE QUE C'EST QUE DE SE MASTURBER ! TU ES VRAIMENT PITOYABLE ! RESTER LÀ À ATTENDRE QU'UN JOUR CELUI QUE TU AIMES TE PRENDRA...
NON !!
IL A LE MÊME VISAGE, LA MÊME VOIX…
MAIS LES MOTS OBSCÈNES QU'IL PROFÈRE…
CE N'EST EN AUCUN CAS SID
C'EST FAUX...
TU ES BIEN CHAUD ! CHAQUE NUIT, TU DOIS TE RÉVEILLER BRÛLANT DE DÉSIR, NON ? UN TEL CORPS...
NON !
CE N'EST PAS LUI ET POURTANT…
AAH...
NON... AH...
AAH...
TU ES UN RAPIDE !

NON, ARRÊTEZ !
NON !!
SID...
AAH !!
TU NE VOUDRAIS SURTOUT PAS QU'IL TE VOIT DANS CETTE POSITION ?!
AAH
ET MÊME SI C'ÉTAIT LE CAS, JE NE PENSE PAS QU'IL POURRAIT TE VENIR EN AIDE
AAH
ÇA FAIT MAL !
AAH !

...
AAH
REGARDE-MOI BIEN !
AAH...
LA DOULEUR ME FAIT PERDRE LA TÊTE...
AAH
NOUS NOUS RESSEMBLONS, TU NE TROUVES PAS ?
JE... JE N'ARRIVE PLUS À RESPIRER...
JE VAIS TE FAIRE PLUS DE BIEN QU'IL NE T'EN FERA JAMAIS !
AAAH...

AH...
HM
AAH... AH...
PFF
NOOOOON!!
TU ES EN TRAIN DE PERDRE TA VIRGINITÉ DANS LE SANG, COMME UNE FEMME
AH... AH...
C'EST BIEN DILATÉ...
GWISCH
GWISCH
JE VOUS EN SUPPLIE... LAISSEZ-MOI...
HAN
HAN
HAN
AAAH !!

ÇA... FAIT MAL !
NON, ARRÊTEZ !!
PATRICK ?!
C'EST BIZARRE...
J'AI POURTANT ENTENDU SA VOIX...
...
HUM
CINDY A ENCORE DÛ METTRE LA MAIN SUR LUI
PFF...
CRII
CLAC

OUAAH...
SNIF...
HI HI
TU ES VRAIMENT UN DRÔLE DE TYPE !
HA HA HA HA HA HA
SI TU CRIES MAINTENANT, IL VA SE PRÉCIPITER ICI !
TON PRINCE CHARMANT N'EST QU'UNE ORDURE INSENSIBLE !
UN MEC COMME LUI N'EST QU'UN LÂCHE, IL N'A PAS LE COURAGE DE TE SAUVER !
LA SEULE CHOSE DONT IL EST CAPABLE, C'EST DE NOUS REGARDER FAIRE TOUT EN BAVANT D'EXCITATION !

TU ME PLAIS BIEN, MON GARÇON
AAH...
DEVIENS MA CHOSE ET J'APPRENDRAI À TON CORPS...
LES PLUS GRANDS PLAISIRS !
NE CROIS PAS QUE TU PEUX M'ÉCHAPPER !
TU M'APPARTIENS DÉSORMAIS
J'ENTENDS UN BRUIT...
LE BRUIT DE LA FIN DU MONDE... TOUT...
TOUT EST ABSORBÉ PAR LES TÉNÈBRES...
PATRICK...
PATRICK, EST-CE QUE ÇA VA ?

AAH...
TU TE SENS BIEN ? JE SUIS VENU VOIR SI TU ÉTAIS DANS TA CHAMBRE...
ET VOILÀ QUE JE TE RETROUVE TOUT PÂLE...
N'HÉSITE PAS À M'APPELER QUAND TU TE SENS MAL
C'EST BON, TU PEUX TE RENDORMIR MAINTENANT
...
OU DOIS-JE COMPRENDRE QUE JE SUIS PLUTÔT DU GENRE INUTILE ?
AAH... SID...
LE SID QUI SE TROUVE ACTUELLEMENT À MES CÔTÉS EST LE SID QUE JE CONNAIS, DOUX ET GÉNÉREUX...
PATRICK ?

LES HOMMES PLEURENT TRÈS SOUVENT LORSQU'ILS SONT MALADES
TU AS BESOIN DE QUELQUE CHOSE ? JE TE L'APPORTE TOUT DE SUITE...
JE N'AI... BESOIN DE RIEN
JE VEUX JUSTE QUE TU RESTES À MES CÔTÉS, S'IL TE PLAÎT
ENTENDU, JE N'IRAI NULLE PART, C'EST PROMIS
REPOSE-TOI, PATRICK
JE RESTERAI À TES CÔTÉS JUSQU'À CE QUE TU T'ENDORMES
FAIS DE BEAUX RÊVES
AAH... JE NE VEUX SURTOUT PAS QUE TU APPRENNES LA VÉRITÉ, SID
JE NE VEUX PAS QUE TU CONNAISSES LES SENTIMENTS OBSCÈNES QUE JE RESSENS À TON ÉGARD... JE NE VEUX PAS QUE TU SACHES QUE LE MAL M'A PÉNÉTRÉ...

SURTOUT PAS TOI...
HUM...
AAH...
TU AS ENCORE DES SENTIMENTS POUR LUI ?
FINALEMENT, TOI AUSSI TU ES UN ÊTRE MAUVAIS...
TU TROMPES TES FIDÈLES...
AH
AH
TU ES AVIDE DE SEXE, JE ME TROMPE ?
SLURP
AAH...
EST-CE QUE... TOUT CELA VOUS... PLAÎT ?
EST-CE QUE VOUS AIMEZ FAIRE ÇA ?

AVOIR DES RELATIONS SEXUELLES AVEC MOI...
PLUTÔT QUE D'EN AVOIR AVEC VOTRE FUTURE ÉPOUSE ?
J'ADORE ÇA... J'AIME METTRE EN PIÈCE TA FIERTÉ...
ÉCARTE ENCORE PLUS LES JAMBES, JE VAIS TE LÉCHER L'ANUS !
?!
AAH...
SLURP
AAH
JE DÉTESTE MON CORPS...
HUM
MON ÂME APPARTIENT AU SEIGNEUR MAIS MON CORPS...
IL TREMBLE DE PLAISIR, IL EN REDEMANDE TOUJOURS PLUS

TU ES DEVENU TRÈS SENSIBLE, TON ANUS EST DÉJÀ TOUT DILATÉ...
AAH... NON...
GWITCH
AAH...
J'ARRIVE À Y METTRE TROIS DOIGTS
AAH
NE BOUGEZ PAS...
PLUS TU ES EXCITÉ ET PLUS IL SE DILATE ! FINALEMENT, TU ES VICIEUX DE NATURE, MON GARÇON
AAH... AAH
TU EN AS ENVIE, NON ? VAS-Y DIS-LE ! DIS-MOI QUE TU AS ENVIE DE QUELQUE CHOSE DE PLUS GROS, DE PLUS CHAUD !
NON...
DEMANDE-MOI DE TE LA METTRE PROFOND !
JE N'EN... VEUX PAS...

IL N'Y A DONC QUE TA BOUCHE QUI SOIT ENCORE RÉTICENTE !
AAH...
AAH
OOH...
AAH
ARRÊ-TEZ !
NON...
C'EST DE LA DÉBAUCHE...
AAH
AAH
MON CORPS EST DE PLUS EN PLUS IMPATIENT

AAAH… TOUT SERAIT BIEN PLUS SIMPLE, SI CET HOMME…
AAH
ME METTAIT EN PIÈCE ICI MÊME !
AAAH !!
TU ME DÉTESTES ?
HAN
HAN
HAÏS-MOI ENCORE PLUS !
JE NE TE LAISSERAI JAMAIS ÊTRE AVEC LUI. JE PRÉFÈRERAIS MILLE FOIS TE TRANCHER LA GORGE AVEC MES DENTS !
TU ES MA VIERGE DÉVERGONDÉE À MOI !
…

DÉTESTE-MOI ! HAÏS-MOI ! ANGE DÉCHU !
TU VAS PLONGER DANS L'ENFER ET JE VAIS COLORER TES AILES DE TES LARMES DE SANG !
TU ES MA CHOSE DÉSORMAIS !
TOC
CLAC
SEIGNEUR TOUT PUISSANT, J'AI PÊCHÉ, J'AI COMMIS UN ACTE IMPARDON-NABLE
JE NE SUIS PLUS DIGNE DE VOUS SERVIR
MAIS MÊME SI JE SUIS CONTRAINT D'ABANDONNER MON POSTE, SACHEZ QUE JAMAIS MA FOI NE S'ÉTEINDRA

DEPUIS LE JOUR OÙ J'AI COMMIS CET ACTE...
J'AI PERDU LE DROIT DE VOUS SERVIR
JE NE PEUX PLUS CONTINUER À MENTIR EN CONTINUANT À VOUS SERVIR
SEIGNEUR, JE VOUS SUPPLIE DE PARDONNER LE FOU QUE JE SUIS
TU AS ENFIN DÉCIDÉ DE QUITTER LES ORDRES ?
PARDONNE-MOI, SID...
SALUT
JE NE PEUX PLUS CONTINUER À DISSIMULER MON CRIME
OUI

DÉSORMAIS, VOUS POUVEZ FAIRE...
TOUT CE QUE VOUS VOULEZ DE MOI
MAIS SACHEZ QUE MÊME SI VOUS VENIEZ À ME TUER...
JAMAIS JE NE VOUS HAÏRAI
PARCE QUE VOTRE REGARD EST SI TRISTE...
PATRICK ?!

POURQUOI ?!
CE QUE JE DÉTESTE LE PLUS, C'EST LA PITIÉ ! C'EST UN SENTIMENT FAIBLE ET PITOYABLE !
JE CROIS EN LA COLÈRE ET LA HAINE !

LA HAINE EST LE SEUL SENTIMENT QUI PERMETTE À L'HOMME DE SURVIVRE ! ELLE EST CAPABLE DE SURPASSER TOUS LES AUTRES SENTIMENTS !
TU VAS OUBLIER ! MÊME SI JE TE VIOLE ET TE TUE, TU OUBLIERAS !
QUOI ?! CE QUE RESSENT CET HOMME...
POURQUOI ME REJETTES-TU DU PLUS PROFOND DE TON ÊTRE ?!
C'EST DE LA COLÈRE ?! NON !
ÇA RESSEMBLE PLUS À DE LA PEUR !
UNE TRISTESSE SI PROFONDE...
HUM...
UNE TRISTESSE EMPREINTE D'UNE PROFONDE SOLITUDE !

TU AS BIEN DIT QUE TU ÉTAIS À MOI ?!
AAH
ALORS TU NE DOIS PAS ME TRAHIR ! TES SENTIMENTS NE DOIVENT SURTOUT PAS ME TRAHIR !
NON
NON... PAS ICI !!

TU AS DONC SI PEUR QU'IL NOUS DÉCOUVRE EN PLEINE ACTION ?!
AAH...
NON...
JE VAIS DONC FAIRE EN SORTE QU'IL DÉCOUVRE LA VÉRITÉ !
JE VEUX QU'IL VOIT DANS QUEL ÉTAT MES MAINS TE PLONGENT !
ズッ
AH AAAAH !
AAH AH AH
OOH...

DIS-LE ! DIS-MOI QUE TON CŒUR M'APPARTIENT !
PAS À LUI !
DIS-LE QUE C'EST MOI QUE TU AS CHOISI !
QUE JE SUIS LE SEUL...
QUE JE SUIS TOUT POUR TOI !
AAH...

TU NE RESSEMBLES PAS À SID...
AU CONTRAIRE...
C'EST À MOI QUE TU RESSEMBLES !
SI JE...
JE SUIS COMME TOI...
DEVIENS VOTRE CHOSE...
ACCEPTEREZ-VOUS...
DE N'ÊTRE L'HOMME QUE D'UNE SEULE PERSONNE ?
J'AI TOUJOURS VOULU MONOPOLISER L'AMOUR

J'AI TOUJOURS RECHERCHÉ DES BRAS POUR M'ENLACER...
DES BRAS CHAUDS, UN AMOUR INTENSE...
SI NOUS DEVONS ÊTRE DÉCHUS TOUS LES DEUX, JE FERAI CE QUE TU SOUHAITES...
JE SERAI À TOI UNIQUEMENT
HUM
ギッ
ギッ
HUM
AAH...
AAAH...
ガタ—ン

HUM
HUM
AAH...
AH !
OOH...
JE TOMBE...
ENCORE PLUS PROFONDÉMENT, TOUJOURS PLUS LOIN
OUI, PRENDS-MOI PAR LÀ ! CONTINUES !
PRENDS-MOI JUSQU'AU FOND !!
JE TOMBE DANS LES ABÎMES DE LA TERRE !!

AAH
AAAAAAH!

AAH...
OOH...
CLAC
UN REGARD ÉTONNÉ...
UN MÉPRIS QUI SE DISSIMULE AU PLUS PROFOND...
NON...
NE REGARDE PAS, SID !
NOOOOOOOON !!

ズル…
ガッ
ガッ
ガッ
IL NE T'APPARTIENT PLUS
CE N'EST PLUS UN ENFANT DE DIEU !

TU VOIS, MÊME UN FIDÈLE M'A CHOISI PLUTÔT QUE TON DIEU QUI NE NOUS ENSEIGNE RIEN !
IL AVAIT BEAU AVOIR PRÊTÉ SERMENT, CE N'ÉTAIT QU'UN HOMME ! UN HOMME AVEC DES DÉSIRS ! LA CONCUPISCENCE L'A EMPORTÉ !
CE MONDE N'EST EN RÉALITÉ QUE COLÈRE, HAINE ET SEXE !!
LES HOMMES SONT LE MAL ! LE CULTE D'UN QUELCONQUE DIEU N'EST QU'UNE IDIOTIE !!
REÇOIS LA COLÈRE DE DIEU !
ET REPENS-TOI DE TES CRIMES !
AU NOM DU PÈRE, DU FILS ET DU SAINT ESPRIT !

SID !!
TU VAS EXPIER TOUS TES CRIMES PAR LA MORT !!

JE TE PRÉSENTE MON FRÈRE ISAAC...
ゴボッ
SON CRIME EST AUTANT LE MIEN, PARDONNE-MOI PATRICK...

スーッ
ハッ
DIS... LE...
DIS-LE !
DIS-LE QUE TU ES À MOI...
DIS-LE QUE... TU M'AIMES...

AH...
JE T'AIME...
PLUS QUE TOUT, PLUS QUE PERSONNE D'AUTRE...
TU ES LE SEUL QUI COMPTE POUR MOI...
JE T'AIME

SEIGNEUR, ACCORDEZ-LUI VOTRE MISÉRICORDE...
AU NOM DU PÈRE, DU FILS ET DU SAINT ESPRIT...
ACCORDEZ-LUI VOTRE PARDON...
NON, OUVRE LES YEUX !
PRENDS-MOI DANS TES BRAS, DIS-MOI QUE TU M'AIMES !
NE M'ABANDONNE PAS !
NE L'EMMENEZ PAS AVEC VOUS !
カーン
カーン…
CONDUISEZ-LE AU PARADIS

L'AMOUR SE PRÉSENTE TOUJOURS SOUS DIVERSES FORMES...
IL PERMET À L'HOMME D'APPRENDRE LA GENTILLESSE, MAIS PARFOIS IL ENGENDRE LA HAINE...
UN AMOUR INTENSE NE S'ÉTEINT JAMAIS...
PATRICK, LE FOND DE L'AIR S'EST REFROIDI...
REN-TRONS !
AU FINAL, IL ARRIVE MÊME QU'IL LAISSE DES BLESSURES TRÈS PRO-FONDES...
OUI...

HEIN ?
TU N'AS PLUS PEUR DU SON DE LA CLOCHE ?
DING
HUM
NON, ÇA VA MAIN-TENANT
DONG
IL ARRIVE PARFOIS QUE PATRICK SOIT PERTURB PAR LE SON DES CLOCHES.
BIEN, RENTRONS MAINTENANT !
IL SEMBLERAIT QU'ISAAC AIT EMPORTÉ AVEC LUI DANS L'AU-DELÀ, LE CŒUR DE PATRICK…
LES CLOCHES SONNENT, ELLES PLEURENT UN TRISTE AMOUR…
DING
TOUT COMME CE JOUR-LÀ, LES CLOCHES SONNENT
DONG
POUR QUI SONNE LE GLAS – END

WOLF MAN À PARTIR DE 5H DE L'APRÈS-MIDI, SUITE ?!
POF
FHH...
DIS ISAMU...
OUI ?
UNE PETITE PAUSE ♡
TU AS VRAIMENT L'INTENTION DE LE FAIRE CINQ FOIS ?
BIEN SÛR, HORS DE QUESTION QUE JE ME PRIVE ! QUI SAIT QUAND ON REMETTRA ÇA ?!
EN PLUS, MON ENTREJAMBE N'A QU'UNE PAROLE ! ALLEZ, ENCORE DEUX FOIS !
JE NE SUIS PAS VRAIMENT D'ACCORD...
TOC TOC
HEIN ?
HUM ♡
QUELQU'UN VIENT DE FRAPPER À LA PORTE, VA RÉPONDRE !

HEIN ? POURQUOI C'EST À MOI D'Y ALLER ?
TU CROIS QUE JE PEUX SORTIR DANS CET ÉTAT ?
RECOUVERT DE SUÇONS
EFFECTI-VEMENT
HI HI
ばふっ
GRR
MADEMOISELLE ÉTAIT ASSISE DEVANT VOTRE PORTE... ELLE REFUSE DE BOUGER...
NON, JE NE DOIS PAS ! JE NE DOIS PAS PÉNÉTRER DANS LEUR EDEN... POURTANT...
ELLE EST AVEC VOUS ?
J'AI ENVIE DE JETER UN COUP D'ŒIL, MAIS JE SUIS SI CONFUSE...
LE CHEF N'ÉTAIT PAS ENCORE AU BOUT DE SES SURPRISES...
OUIIN OUIIN
WOLF MAN À PARTIR DE 5H DE L'APRÈS-MIDI, SUITE ?! – END

HOUSEKEEPER OF BUSINESS SUIT
ILLUSTRATION

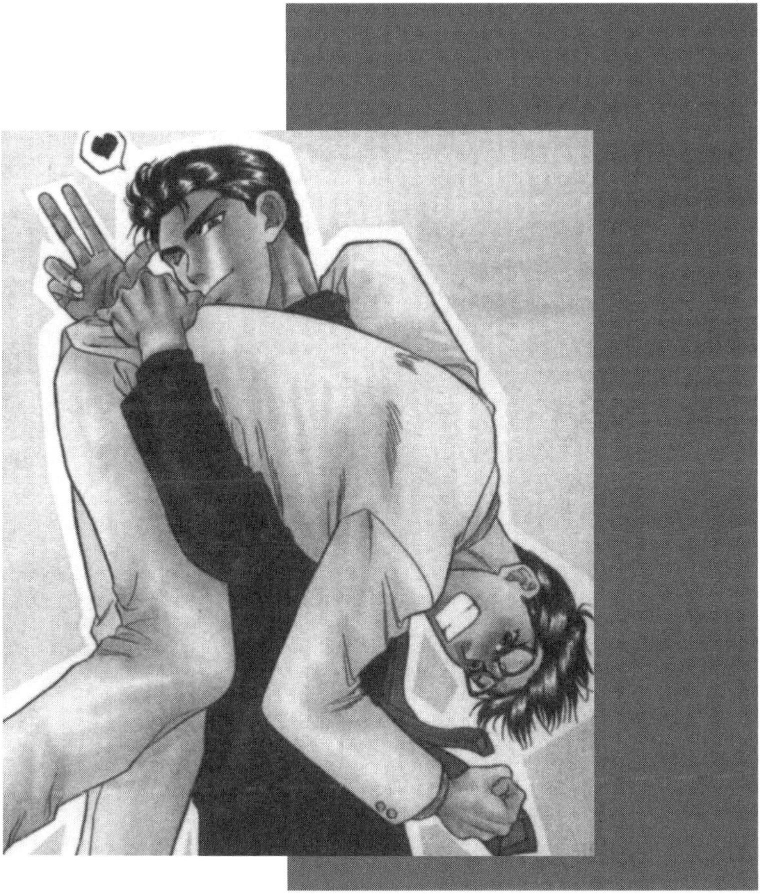

HOUSEKEEPER OF BUSINESS SUIT, COUVERTURE, COLLECTION SBBC, MAI 1995

KAZUMA
KODAKA

HOUSEKEEPER OF BUSINESS SUIT
ILLUSTRATION

HOUSEKEEPER OF BUSINESS SUIT, RABAT DE COUVERTURE, COLLECTION SBBC, MAI 1995

KAZUMA
KODAKA

HOUSEKEEPER OF BUSINESS SUIT
ILLUSTRATION

HOUSEKEEPER OF BUSINESS SUIT 2, RABAT DE COUVERTURE, COLLECTION SBBC, DÉCEMBRE 1997

HOUSEKEEPER OF BUSINESS SUIT
ILLUSTRATION

HOUSEKEEPER OF BUSINESS SUIT 2, PIN-UP, COLLECTION SBBC, DÉCEMBRE 1997

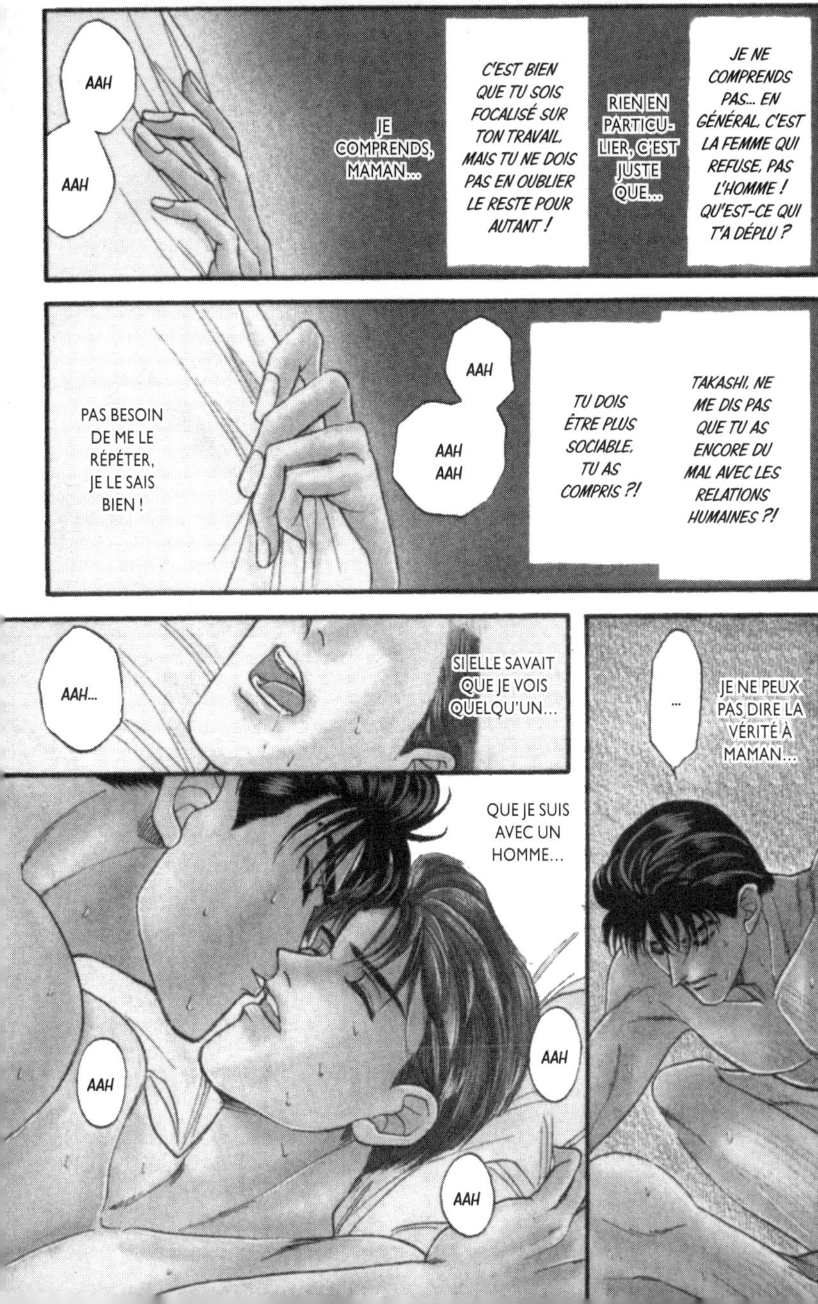
JE NE COMPRENDS PAS... EN GÉNÉRAL, C'EST LA FEMME QUI REFUSE, PAS L'HOMME ! QU'EST-CE QUI T'A DÉPLU ?
RIEN EN PARTICULIER, C'EST JUSTE QUE...
C'EST BIEN QUE TU SOIS FOCALISÉ SUR TON TRAVAIL, MAIS TU NE DOIS PAS EN OUBLIER LE RESTE POUR AUTANT !
JE COMPRENDS, MAMAN...
AAH
AAH
TAKASHI, NE ME DIS PAS QUE TU AS ENCORE DU MAL AVEC LES RELATIONS HUMAINES ?!
TU DOIS ÊTRE PLUS SOCIABLE, TU AS COMPRIS ?!
AAH
AAH AAH
PAS BESOIN DE ME LE RÉPÉTER, JE LE SAIS BIEN !
...
JE NE PEUX PAS DIRE LA VÉRITÉ À MAMAN...
SI ELLE SAVAIT QUE JE VOIS QUELQU'UN...
AAH...
QUE JE SUIS AVEC UN HOMME...
AAH
AAH
AAH

BUSINESS
SUIT

HOUSEKEEPER
OF

KAZUMA
KODAKA

ISAMU...
ふー…
QU'Y A-T-IL, CHEF ?
ÇA SUFFIT, POUSSE-TOI, TU M'ÉCRASES !
BONJOUR LE ROMANTISME
PEU IMPORTE
JE VAIS PRENDRE UNE DOUCHE
PAS LA PEINE DE SE PRESSER, VOUS POUVEZ DORMIR ICI, NON ?!
TU VEUX QUE JE PORTE À NOUVEAU LA MÊME CHEMISE DEMAIN ?! TU PLAISANTES, J'ESPÈRE ?!

SI VOUS EN PROFITIEZ POUR LAISSER QUELQUES UNES DE VOS AFFAIRES, QU'EN PENSEZ-VOUS ?
QUOI ?
LA MÊME BROSSE À DENTS...
LE MÊME GOBELET...
LE MÊME PYJAMA...
TU TE MOQUES DE MOI OU QUOI ?!
AAH... MON DOUX RÊVE EST EN TRAIN DE S'ENVOLER...!
JE NE SAIS PAS QUEL GENRE DE RELATIONS TU AS EUES JUSQU'À PRÉSENT, MAIS JE TE SERAI RECONNAISSANT DE NE PAS ME COMPARER À TES PRÉCÉDENTES CONQUÊTES !
JE SUIS UN HOMME, QUI PLUS EST TON CHEF, ALORS JE TE PRIERAI DE BIEN VOULOIR ARRÊTER TON PETIT MANÈGE !

D'ACCORD MAIS...
MAIS QUOI ?
JE VOUS AIME ENCORE PLUS QUAND VOUS ÊTES UN PEU NÉGLIGÉ...
TROP SEXY CETTE FAÇON D'ATTACHER VOS BOUTONS...♡
?!
...
LA ROUTE VERS LE GRAND AMOUR EST PI FINE D'OBSTACLES, COURAGE !!
IL ME PLAISAIT BIEN DANS CETTE TENUE
J'AI CHOISI CE QUE J'ALLAIS MANGER CE SOIR !

SOCIÉTÉ D, SURNOMMÉE “LA BOÎTE À SERPILLIÈRES”, BUREAU D'ÉTUDES
J'EN SUIS LE CHEF, ALORS JE NE DOIS PAS DÉSHONORER MON TITRE
MOI, TAKASHI KURIHARA, JE ME DOIS DE DONNER LE MEILLEUR DE MOI-MÊME TOUS LES JOURS
BONJOUR MONSIEUR
BONJOUR
MAIS BON, PASSÉ LA TRENTAINE, UN HOMME CÉLIBATAIRE VOIT FORCÉMENT LES AUTRES COMMENCER À SE MÊLER DE SES AFFAIRES…
PFF
ET VOILÀ QU'ON M'A FORCÉ À ME RENDRE À UN RENDEZ-VOUS EN VUE D'UN MARIAGE ARRANGÉ !

LA JEUNE FILLE QUE J'AI RENCONTRÉE, MISAKO AIDA, LA NIÈCE DU PRÉSIDENT DE LA SOCIÉTÉ, EST UNE FILLE GRACIEUSE ET TRÈS TRADI-TIONNELLE
ON NE PEUT PAS DIRE QUE JE DÉTESTE CE GENRE DE FEMME
MALGRÉ CELA, JE NE PEUX PENSER QU'À MON TRAVAIL EN CE MOMENT
ウィイ——··ンン
自動
B 1 2 3 4 5 6
C'EST POURQUOI J'AVAIS L'INTENTION DE REFUSER DE MANIÈRE POLIE...
MAIS IL FALLU QUE CET IMBÉCILE D'ISAMU SE POINTE ET M'EMBRASSE DEVANT ELLE !
ENCORE UNE CHANCE QUE LA MARIEUSE SE SOIT ABSENTÉE UN MOMENT...
HUM
GRR GRR
ENSUITE IL M'A KIDNAPPÉ ET EMMENÉ DE FORCE DANS UNE CHAMBRE
HUM...
QUOI QU'IL EN SOIT, CETTE HISTOIRE DE RENDEZ-VOUS EST TERMI-NÉE, MÊME SI CELA NE S'EST PAS ACHEVÉ COMME JE COMPTAIS LE FAIRE

AH, C'EST VOUS CHEF !
BONJOUR
BONJOUR CHEF
MERCI, JE COMPTE SUR TOI
JE VAIS VOUS EN DÉPOSER UNE COPIE SUR VOTRE BUREAU
HEIN... QUEL FAX ?
AVEZ-VOUS REGARDÉ LE FAX D'HIER ?
C'EST PAS VRAI ! VOUS AVEZ OUBLIÉ !
HÉ HÉ
DIS DONC, TU ES EN AVANCE POUR CHANGER, ISAMU
BONJOUR !
HEIN ?

CHEF ! BONJOUR ! C'EST MOI ISAMU, ENCORE UNE FOIS TOUT JUSTE À L'HEURE !
ISAMU KATSURAGI, LE DON JUAN DE LA SOCIÉTÉ, LE FANTASME DE TOUTES LES FILLES, BREF UN SIMPLE EMPLOYÉ
ÇA SUFFIT COMME ÇA, SUIS-MOI !
ISAMU, TU COMPTES JOUER À CE PETIT JEU ENCORE LONGTEMPS ?!
TU DONNES VRAIMENT LE MAUVAIS EXEMPLE AUX AUTRES !
JE N'AI POURTANT JAMAIS ÉTÉ EN RETARD !
JE N'AI JAMAIS PARTICIPÉ À UNE GRÈVE NI À UNE MANIFESTATION !

きょろきょろ
C'EST PAS CROYABLE DE VOIR UN EMPLOYÉ ARRIVER PLUS TARD QUE SON CHEF AU TRAVAIL !
がばっ
ISAMU ! TU COMPTES FAIRE ÇA ENCORE COMBIEN DE FOIS ?
J'AIME VOIR VOTRE RÉACTION ! VOUS ÊTES TROP MIGNON ♡
JE SUIS VRAIMENT CONTENT DE VOIR QUE VOUS FAITES TOUT POUR QUE NOUS NOUS RETROUVIONS TOUS LES DEUX SEULS CHAQUE MATIN
NON MAIS N'IMPORTE QUOI ! JE T'AI APPELÉ POUR TE FAIRE LA MORALE ET RIEN D'AUTRE !

VOUS N'AVEZ PAS BESOIN DE JOUER LES TIMIDES...♡
SMACK ♡
MAIS... LÂCHE-MOI, BON SANG !!
ぎゅう〜
?!
SI UN JOUR J'ARRIVE EN RETARD APRÈS UNE PANNE D'OREILLER, CE SERA DE VOTRE FAUTE !
VOTRE EXPRESSION QUAND VOUS ALLEZ JOUIR, VOTRE VOIX...
ARRÊTE...
T'ES FOU OU QUOI ? PAS ICI !!
RIEN QUE D'Y PENSER, JE NE PEUX PAS M'ENDORMIR
ISAMU...
CHUT, TAISEZ-VOUS UN PEU !
RIEN QU'UN BAISER

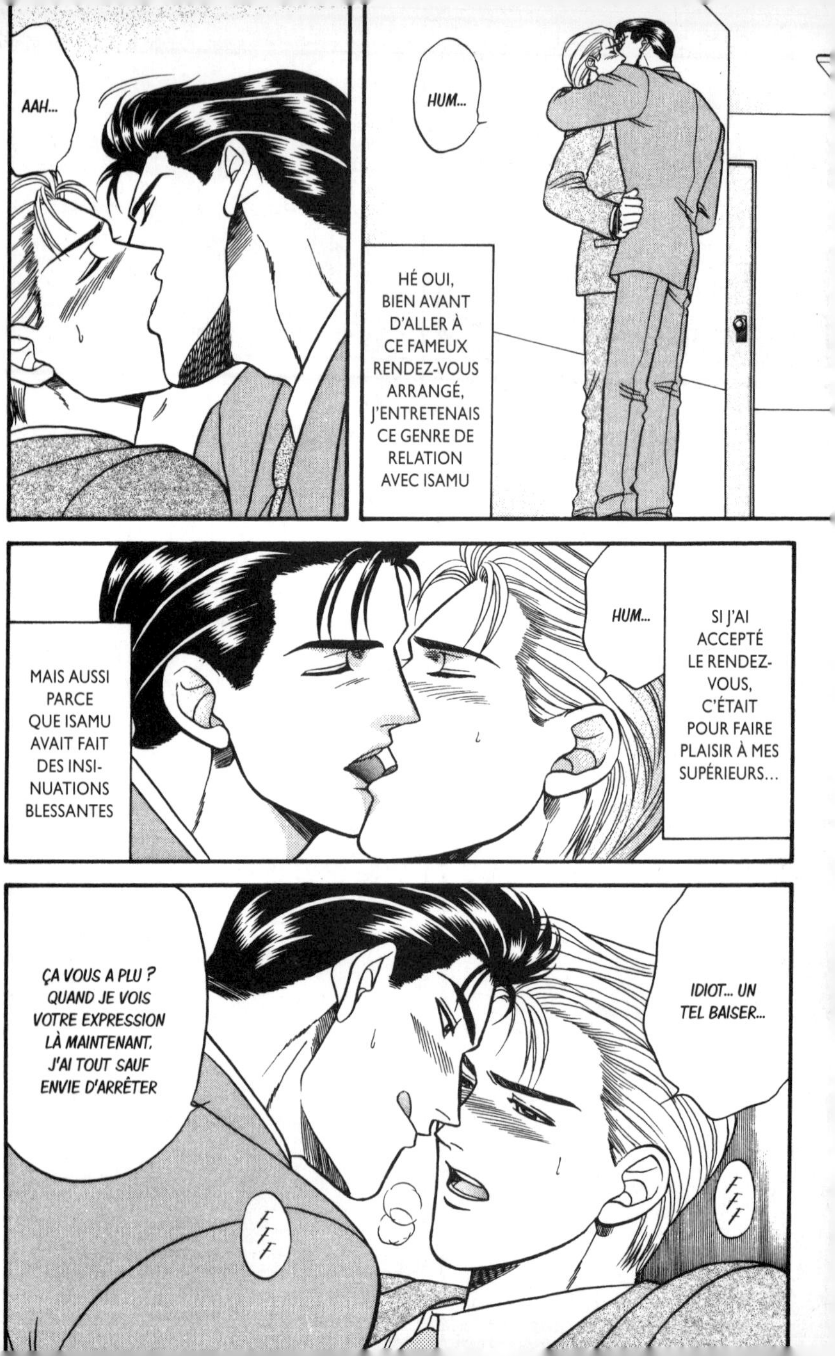
HUM...
HÉ OUI, BIEN AVANT D'ALLER À CE FAMEUX RENDEZ-VOUS ARRANGÉ, J'ENTRETENAIS CE GENRE DE RELATION AVEC ISAMU
AAH...
SI J'AI ACCEPTÉ LE RENDEZ-VOUS, C'ÉTAIT POUR FAIRE PLAISIR À MES SUPÉRIEURS…
HUM...
MAIS AUSSI PARCE QUE ISAMU AVAIT FAIT DES INSI-NUATIONS BLESSANTES
IDIOT... UN TEL BAISER...
ÇA VOUS A PLU ? QUAND JE VOIS VOTRE EXPRESSION LÀ MAINTENANT, J'AI TOUT SAUF ENVIE D'ARRÊTER
FFF
FFF

TU ES FOU, N'OUBLIE PAS QUE NOUS SOMMES AU BUREAU !
AAH
NON... ARRÊTE !
ISAMU, SI QUELQU'UN NOUS VOIT...
JE TE DIS D'ARRÊTER, IMBÉCILE !
AAH...
AAH...
AAH !
NOON...
MONSIEUR KURI-HARA !

TU MANQUES VRAIMENT D'ESPRIT D'ENTREPRISE, MON PAUVRE ISAMU !
JE VAIS FAIRE DES EFFORTS !
CHEF, JE VOUS CHERCHAIS PARTOUT ! CE DOCUMENT...
ON DOIT SE DÉPÊCHER SINON...
SUGITA, DONNE-LE À ISAMU. C'EST LUI QUI VA S'EN CHARGER ! BIEN, EXCUSEZ-MOI !
SUGITA...
OUI ?
JE PEUX PASSER AUX TOILETTES AVANT ?
TU AS MAL AU VENTRE ?
MEN
QUEL IMBÉCILE !
C'EST VRAIMENT LE ROI DES CRÉTINS !

...
POURQUOI ME VOILÀ OBLIGÉ DE NETTOYER MES SOUS-VÊTEMENTS DANS LES TOILETTES ?!
JE VAIS DEVOIR PASSER LA JOURNÉE SANS CALEÇON, C'EST VRAIMENT LAMENTABLE !!
GRR...
JE N'AI VRAIMENT PAS LE TEMPS DE FAIRE SÉCHER ÇA...
VRAIMENT ?! UNE NOUVELLE EMPLOYÉE ?! C'EST UN PEU N'IMPORTE QUOI...
HEIN ?
JE NE PARDONNERAI JAMAIS À CET IMBÉCILE !!
SNIF

ET POURQUOI UNE NOUVELLE PERSONNE ?
SI JE LE SAVAIS...
バタン
JE NE ME SENS VRAIMENT PAS BIEN COMME ÇA...
CHEF
JE SUIS DÉSOLÉ POUR TOUT À L'HEURE...
ÇA CRAINT ! IL EST VRAIMENT TRÈS EN COLÈRE...
CHEF, UN APPEL DU DIRECTEUR SUR LA LIGNE TROIS
ALLÔ, MONSIEUR KURIHARA À L'APPAREIL

TAKASHI, LA JEUNE FEMME QUI COMMENCE DEMAIN DANS TON SERVICE EST LÀ, ELLE EST VENUE TE SALUER
TU VEUX BIEN ALLER L'AC-CUEILLIR ?
HEIN ?!
VOUS POUVEZ DEMANDER À QUELQU'UN D'AUTRE...
IL FAUT QUE CE SOIT TOI
ELLE VA FAIRE PARTIE DE TON DÉPARTEMENT, ALORS JE COMPTE SUR TOI
TRÈS BIEN, C'EST ENTENDU
JE NE SAIS PAS QUI L'A PISTONNÉE, MAIS BON DE LÀ À M'OBLIGER À ALLER L'ACCUEILLIR...
EUH... VOILÀ SA FICHE...

だ"かだ"かだ"かだ"か
?!
CLING
ガーッ
だかだかだか
MI...
MI...
FFF
FFF
スッ

MISAKO...
JE SUIS RAVIE DE VOUS REVOIR
MONSIEUR KURIHARA...
PUIS-JE VOUS DEMANDER POURQUOI...
EUH...
JE SAIS BIEN QUE JE NE COMMENCE QUE DEMAIN, MAIS JE VOULAIS ABSOLUMENT VOUS SALUER AUJOURD'HUI...
もじ もじ
À VRAI DIRE... J'AIMERAIS BEAUCOUP APPRENDRE À VOUS CONNAÎTRE DAVANTAGE...
ALORS J'AI FAIT PRESSION SUR MON ONCLE...
IL L'A EMBAUCHÉE POUR ÇA ?! C'EST IMPOSSIBLE…

MONSIEUR LE DIRECTEUR, JE PEUX SAVOIR À QUOI VOUS JOUEZ ?!
IL S'AGIT DE LA JEUNE FEMME QUE J'AI RENCONTRÉE LORS DE MON RENDEZ-VOUS ! DE PLUS, NOUS AVONS ROMPU SI J'OSE M'EXPRIMER AINSI
JE N'AVAIS PAS ENTENDU PARLER D'UNE RUPTURE ?!
JE VOUS AVAIS POURTANT DEMANDÉ DE LUI PRÉSENTER MON REFUS !
AH BON... VOUS ÊTES SÛR ?!
SHH
LE PRÉSIDENT SOUHAITE VRAIMENT VOIR CETTE RELATION ABOUTIR. VOUS VOULEZ VRAIMENT PERDRE VOTRE EMPLOI POUR ÇA ?!
ずしっ
夫[1]
IL PARAÎT QU'ELLE VEUT EN APPRENDRE DAVANTAGE SUR LA PROFESSION DE SON FUTUR MARI
ARRÊTEZ, JE ME SENS MAL...
VERTIGE
VOUS N'ÊTES PAS LE SEUL IMPLIQUÉ DANS TOUTE CETTE HISTOIRE ! MON POSTE EST ÉGALEMENT EN JEU, ALORS JE COMPTE SUR VOUS, TAKASHI !!

[1] Futur mari.

JE SUIS DÉSOLÉE, MONSIEUR KURIHARA...
JE NE SAVAIS PAS QUE J'ALLAIS VOUS CAUSER AUTANT D'ENNUIS...
JE...
NON, JE SUIS LE SEUL FAUTIF...
J'AURAIS DÛ VOUS LE DIRE MOI-MÊME LE JOUR DE NOTRE RENDEZ-VOUS...
MISAKO, JE...
JE NE PEUX PAS VOUS ÉPOUSER

ÇA NE SIGNIFIE PAS LE MOINS DU MONDE QUE JE VOUS DÉTESTE
JE DIRAIS PLUTÔT QUE JE NE VOUS MÉRITE PAS
ET PUIS, JE SUIS TRÈS PRIS PAR MON TRAVAIL QUI OCCUPE UNE GRANDE PLACE DANS MA VIE...
JE N'AI VRAIMENT PAS LE TEMPS DE PENSER À UN QUELCONQUE MARIAGE... JE SUIS VRAIMENT DÉSOLÉ...
CE N'EST RIEN...
JE SUIS TRÈS SATISFAITE AINSI, POUR LE MOMENT
...
SMILE
HEIN ?
JE SUIS CONTENTE D'AVOIR PU VOUS PARLER AUJOURD'HUI, MERCI BEAUCOUP
DE RIEN...

BIEN, JE VOUS DIS DONC À DEMAIN POUR MON PREMIER JOUR DE TRAVAIL DANS VOTRE DÉPARTEMENT, PASSEZ UNE BONNE JOURNÉE
UNE BONNE JOURNÉE ?
EUH...
ELLE EST TRÈS SATISFAITE AINSI... CELA SIGNIFIE-T-IL QUE SON NOUVEL EMPLOI N'A RIEN À VOIR AVEC MOI ?
JE VIENS BIEN DE LUI ANNONCER QUE JE N'AVAIS NULLEMENT L'INTENTION DE ME MARIER, NON ? AURAIT-ELLE MAL COMPRIS ?
CHEF
JE PEUX VOUS PARLER UN INSTANT ?

AT... ATTENDEZ-MOI, CHEF !
スタスタスタスタ
TENEZ !
?!
JE SUIS ALLÉ VOUS ACHETER CECI À TOUTE VITESSE À LA SUPÉRETTE DU COIN
?!
UN CALEÇON ?!
JE VOUS CONNAIS BIEN. JE SAIS QUE VOUS ÊTES INCAPABLE DE RESTER AVEC VOTRE CALEÇON TOUT MOUILLÉ. JE ME TROMPE ?
VOUS FERIEZ BIEN DE METTRE CELUI-CI TRÈS RAPIDEMENT
GRR
GRR
GRR

JE VAIS ACCEPTER TON CADEAU...
CHEF ?!
?!
MAIS EN ÉCHANGE, LA PROCHAINE FOIS QUE TU OSERAS ME TOUCHER ICI DANS LES BUREAUX...
TU PEUX ÊTRE SÛR QUE JE NE ME GÊNERAI PAS POUR TE CASSER LE BRAS !
J'AI BIEN COMPRIS...
GRRRRRR
TU AS INTÉRÊT SI TU NE VEUX PAS MOURIR
LE LENDE-MAIN...
MISAKO A FAIT SON ENTRÉE DANS MON DÉPARTEMENT, JE SENTAIS BIEN QUE MES ENNUIS N'ÉTAIENT PAS TERMINÉS
JE M'APPELLE MISAKO AIDA

JE SUIS ENCHANTÉE DE FAIRE PARTIE DE VOTRE ÉQUIPE
パチ
パチ
パチ
パチ
MAIS POURQUOI ELLE…
パチ パチ
JE PEUX SAVOIR À QUOI VOUS JOUEZ, CHEF ?!
じっ
MISAKO, VOUS ALLEZ TOUT D'ABORD COMMENCER PAR DES TÂCHES SIMPLES...
NON, MAIS POURQUOI IL FAIT SEMBLANT DE M'IGNORER DE LA SORTE ?!
ISAMU
OUI ?

MISAKO, JE VOUS LAISSE AUX BONS SOINS D'ISAMU, IL VA VOUS FORMER
JE COMPTE SUR TOI POUR LA SUITE
TOUT LE MONDE RETOURNE À SON POSTE
...
OUI
MERDE ! IL EST ENCORE FÂCHÉ POUR HIER ! EN PLUS, IL ME LA CONFIE...
QUE CHERCHE-T-IL À FAIRE ?! ELLE EST AU COURANT POUR NOUS DEUX...
EUH...
MONSIEUR KATSU-RAGI...
QUE DOIS-JE FAIRE ?
EUH... PARDON...
DITES, VOUS ÊTES AU COURANT POUR LA NOUVELLE ?
HEIN ?! MISAKO ?!
SALLE DE REPOS
IL PARAÎT QUE C'EST LA NIÈCE DU PRÉSIDENT

IL PARAÎT QUE SON MARIAGE AVEC LE CHEF EST PLUS OU MOINS À L'ORDRE DU JOUR !
VRAIMENT ?! C'EST TRÈS GRAVE !
ET CE N'EST PAS TOUT !
HEIN ?!
ON PEUT SAVOIR POURQUOI ELLE S'ACCAPARE ISAMU RIEN QUE POUR ELLE ?!
C'EST UN ORDRE DU CHEF !
REGARDEZ !
SI C'EST LA FUTURE ÉPOUSE DU CHEF, IL N'A QU'À S'EN OCCUPER LUI-MÊME !
BEN OUI QUOI, LAISSEZ-NOUS AU MOINS LES CÉLIBATAIRES !
N'EST-CE PAS LES FILLES ?!

VOUS ÉTIEZ LÀ, CHEF ?
IL SEMBLERAIT QU'IL Y AIT PLUSIEURS MALENTENDUS, JE VAIS DONC ÊTRE TRÈS FRANC AVEC VOUS
HA HA
J'AI REFUSÉ L'OFFRE DE MISAKO, JE NE SUIS DONC PLUS QUE SON SUPÉRIEUR
ET SI JE L'AI CONFIÉE AUX BONS SOINS D'ISAMU POUR SA FORMATION, C'EST PARCE QUE J'AI JUGÉ QU'IL ÉTAIT LE PLUS APTE POUR ÇA !
DONC LE CHAPITRE EST CLOS ! NUL BESOIN DE FAIRE COURIR D'AUTRES RAGOTS NON FONDÉS !
OUI, NOUS SOMMES DÉSOLÉES
SALLE DE REPOS
MAINTENANT QUE TOUT EST CLAIR, AU BOULOT !
わら
わら

ズキ
ISAMU !
TU VEUX BIEN RÉUNIR TOUS LES PROJETS DU MOIS DERNIER ET LES APPORTER DANS LA SALLE DE CONFÉRENCE NUMÉRO 2 !
D'ACCORD
SI VOUS EN AVEZ BESOIN TOUT DE SUITE, JE PEUX M'EN CHARGER ?
J'AI BESOIN D'ISAMU
JE T'ATTENDRAI DANS LA SALLE

...
SALLE DE CONFÉRENCE 2
OCCUPÉE
CHEF, C'EST MOI
ENTRE !
D'ACCORD
VOICI LES DOCUMENTS QUE VOUS M'AVEZ DEMANDÉS
BIEN
TU VEUX BIEN T'ASSEOIR, J'AI À TE PARLER
JE SUIS PRÊT, À QUELLES REMONTRANCES VAIS-JE AVOIR DROIT CETTE FOIS ?
COMMENT OSES-TU ?
JE SUIS CERTAIN DE N'AVOIR COMMIS AUCUNE FAUTE DONC...

COMME VOUS ME L'AVEZ DEMANDÉ, J'AI FORMÉ MISAKO...
QUI A DIT QUE TU SERAIS LE SEUL À LA FORMER ?!
SUGITA EST LÀ AUSSI POUR ÇA !
TA DRÔLE D'ATTITUDE À SON ÉGARD...
A ÉTÉ LE FRUIT DE PLUSIEURS RUMEURS CHEZ LES FILLES DE LA SECTION !
MERCI DE VOUS SOUCIER DE CELA, MAIS MOI JE M'EN MOQUE COMPLÈTEMENT
J'AI COMPRIS, VOUS VOUS FAITES DU SOUCI POUR ELLE, PAS POUR MOI
ELLE EST VOTRE FUTURE PARTENAIRE EN PLUS D'ÊTRE LA NIÈCE DU PRÉSIDENT, ALORS SI UN INSECTE COMME MOI VENAIT À TROP L'APPROCHER, CELA SERAIT EMBARRASSANT POUR VOUS
QU'EST-CE QUE TU SOUS-ENTENDS ?!

SI VOUS N'ÊTES PAS INTÉRESSÉ PAR ELLE, VOUS FERIEZ BIEN DE LE LUI DIRE, SINON C'EST VOTRE POSTE QUE VOUS RISQUEZ !
JE LE LUI AI DÉJÀ FAIT COMPRENDRE !
POURTANT ELLE VOUS POURSUIT, QUE PENSEZ-VOUS DE CELA ?
CE QUE... NON, C'EST IMPOSSIBLE...
C'EST FINI ENTRE ELLE ET MOI... OU PLUTÔT IL N'Y A JAMAIS RIEN EU ENTRE NOUS !
ET ISAMU LE SAIT PERTINEMMENT POURTANT...
ガタン
JE FERAI DÉSORMAIS ATTENTION AFIN DE NE PAS ÊTRE LA SOURCE DE NOUVELLES RUMEURS
ガチャッ
ISAMU ?! NOUS N'AVONS PAS ENCORE TERMINÉ...

EXCUSEZ-MOI
MAIS POURQUOI EST-IL AUTANT… AUSSI…
C'EST VRAI QUE JE LUI AI DEMANDÉ DE S'OCCUPER D'ELLE…
MAIS CE N'EST PAS UNE RAISON POUR ÊTRE AUSSI FROID AVEC MOI, TOUT DE MÊME…

カタ
カタ
カタ
カタ
JE VOUS EN PRIE
スッ
...
VOUS AVEZ L'AIR FATIGUÉ...
HEIN ?
AH ! MERCI POUR LE THÉ
CE N'EST RIEN, JE VAIS TRÈS BIEN
SI VOUS LE DITES, TANT MIEUX ALORS...

EUH... MISAKO
OUI ?
EH BIEN... C'EST QUE...
もじ…
じぃ
っ
HUM...
さっ
?!
さっ

VOUS ALLEZ M'AIDER À CLASSER CES DOCUMENTS...
JE VOUS DEMANDERAI DONC DE RESTER UN PEU PLUS TARD CE SOIR
IL N'EST PAS DU GENRE À TROMPER SA FEMME LUI
ÇA C'EST TOUT LUI, IL NE SE REND MÊME PAS COMPTE QU'IL LUI FAIT UN PLAN DRAGUE !
...
ガタン
...
QUOI ENCORE ?!
IL EST ENCORE ÉNERVÉ, CET IMBÉCILE D'ISAMU...

いろは
レーザーカラオケ
居酒屋
いろは
BAR
いろは
BAR
いろは
MERCI BEAUCOUP POUR TOUT
JE SUIS DÉSOLÉ, JE NE CONNAIS QUE CE GENRE D'ENDROITS...
CE N'EST RIEN, C'ÉTAIT TRÈS BIEN
居酒屋
VOICI MA PART DU REPAS...
VOUS RIGOLEZ ? C'EST MOI QUI VOUS AI INVITÉE !
MAIS...

LAISSEZ-MOI JOUER UN MINIMUM LES GENTLEMAN SINON...
JE ME SENTIRAI VRAIMENT TRÈS EMBARRASSÉ
EN TANT QUE SUPÉRIEUR, JE VOUS DEMANDE DE ME LAISSER PAYER
DANS CE CAS, J'ACCEPTE AVEC PLAISIR
MERCI POUR LE REPAS
DE RIEN
ET SI NOUS MARCHIONS UN PEU ?
D'AC-CORD
HI HI

PUTAIN ! IL M'IGNORE COMPLÈTEMENT ET IL PASSE DU BON TEMPS AVEC ELLE PENDANT UN RENDEZ-VOUS GALANT !
GLOUPS
IL MANQUE PAS DE CULOT, OSER ME TROMPER AVEC ELLE !
TU VAS VOIR, JE VAIS TE CASSER LA GUEULE DEVANT ELLE, CE SERA PAS AUSSI MARRANT !
HÉ TOI !!
LE VIEUX, TU NOUS GÊNES !
C'EST QUI QUE TU TRAITES DE VIEUX ?!
OUAAH ! QU'EST-CE QU'IL A ?!
HAA

ZUT…
LE SOIR, CE PARC EST…
いちゃ いちゃ
いちゃ いちゃ
REMPLI D'AMOUREUX QUI PASSENT LEUR TEMPS À SE BÉCOTER !
MISAKO, ÇA VOUS DIT D'ALLER UN PEU PLUS LOIN ?

MONSIEUR KATSURAGI EST VRAIMENT QUELQU'UN DE BIEN
JE SUIS CONTENTE DE TRAVAILLER DANS LA SOCIÉTÉ, MAIS JE SUIS ENCORE INCOMPÉTENTE...
MALGRÉ CELA IL A SU GARDER SON CALME ET IL M'A SOUTENUE TOUTE LA JOURNÉE...
JE VAIS FAIRE DE MON MIEUX POUR APPRENDRE VITE AFIN DE NE PAS TROP L'EMBARRASSER
VOUS FERIEZ MIEUX...
DE NE PAS TROP VOUS REPOSER SUR LUI...
HEIN ?!

JE RECONNAIS QUE C'EST MOI QUI VOUS AI CONFIÉE À LUI MAIS...
SI VOUS DEVENEZ TROP PROCHES... VOUS SAVEZ AUJOURD'HUI, LES FEMMES DU BUREAU N'ARRÊTAIENT PAS DE SE FAIRE DES IDÉES...
MAIS OÙ EST-CE QUE JE VEUX EN VENIR ?!
...
QU'EST-CE QUE JE RACONTE ?
FINALEMENT, JE LUI CAUSE DES SOUCIS TOUT EN RESTANT À SES CÔTÉS...
NON, CE N'EST PAS ÇA...
MERDE ! JE VIENS SEULEMENT DE LES RATTRAPER !
NON, CE N'EST PAS CE QUE JE VOULAIS DIRE...
...

C'EST JUSTE QUE QUAND JE LA VOIS AUSSI PROCHE D'ISAMU, J'AI MAL À LA POITRINE...
JE ME DISPUTE AVEC LUI...
NE FAITES PAS CETTE TÊTE...
POURQUOI L'AI-JE INVITÉE ? QUELLE ÉTAIT MA VÉRITABLE INTENTION ?!
NON ! JE NE SUIS PAS HABITUÉ À RESSENTIR CE GENRE D'ÉMOTION...
JE VOUS AIME TAKASHI... ALORS JE N'AIME PAS VOUS VOIR DANS CET ÉTAT...
CAR ÇA ME FAIT SOUFFRIR MOI AUSSI
ÇA NE ME RESSEMBLE PAS D'ÊTRE JALOUX COMME ÇA...

JE NE PEUX PAS RÉPONDRE À VOS ATTENTES...
MAIS EN PLUS, JE PASSE MA COLÈRE SUR VOUS...
TAKASHI...
PARDON...
OUBLIEZ CE QUE JE VIENS DE DIRE !
JE SUIS SINCÈREMENT DÉSOLÉ MISAKO

TAKASHI...

PFF...
FINALEMENT, JE SUIS UNE VRAIE MIDINETTE... ET EN PLUS, JE SUIS DU GENRE TRÈS POSSESSIF
JE VOUS AIME, CHEF
IL DIT ÇA COMME S'IL ME SALUAIT...
MAIS JE DOIS AVOUER QUE ÇA ME FAIT UN PINCEMENT AU CŒUR À CHAQUE FOIS

JE... T'AIME...
JE...
JE VOUS AIME, TAKASHI
EST-CE QUE J'AI DÉJÀ PRONONCÉ CES MOTS UN JOUR ?

HUM
JE DOIS L'INVITER À PRENDRE UN VERRE POUR ÉCLAIRCIR TOUTE CETTE HISTOIRE
MERCI, AU REVOIR
ISAMU
TU VEUX BIEN RÉUNIR LES DOCUMENTS CET APRÈS-MIDI ?
ENTENDU

ET PUIS...
MONSIEUR KATSURAGI, JE SUIS DÉSOLÉE...
AH... MONSIEUR, JE SUIS DÉSOLÉE DE VOUS INTERROMPRE MAIS...
CE N'EST RIEN. QU'Y A-T-IL ?
ÇA CONCERNE CETTE LISTE...
IL S'AGIT DES ARCHIVES
JE DOIS Y PASSER, JE VAIS VOUS MONTRER
EXCUSEZ-MOI
EUH...
ÇA VA ALLER, CE N'ÉTAIT RIEN D'IMPORTANT

JE VOIS QU'IL EST ENCORE FÂCHÉ
ARCHIVES
JE SUIS DÉSOLÉE DE VOUS AVOIR FAIT PERDRE VOTRE TEMPS...
NON...
J'AVAIS JUSTEMENT UNE QUESTION À VOUS POSER, JE PEUX ?
OUI
QUE PENSEZ-VOUS DU CHEF ?
JE LE TROUVE VRAIMENT TRÈS CHARMANT

VOUS ÊTES DEUX HOMMES PARFAITS
EUH... MERCI...
...
MAIS JE VOUS TROUVE ÉGALEMENT TRÈS CHARMANT
JE VOUS ADORE TOUS LES DEUX
EUH... VOUS SAVEZ BIEN QUE LE CHEF ET MOI... BREF...
PAR-FAITS ?!
OUI ♡
FFF
J'AI UN PETIT DOUTE... JE ME DEMAN-DE...
SI ISAMU NE SERAIT PAS EN TRAIN DE LUI POSER DE DRÔLES DE QUESTIONS ?
IL SEMBLE BIEN L'APPRÉCIER...

?
HA HA HA
C'EST DONC ÇA FINALEMENT
C'EST JUSTE QU'ON VOUS AVAIT PRÉSENTÉE D'UNE CERTAINE FAÇON ET DONC LA SITUATION ÉTAIT LÉGÈREMENT AMBIGUË...
DÉSOLÉ, JE N'AI PAS ÉTÉ TRÈS ACCUEILLANT POUR VOS DÉBUTS
J'AI MÊME CRU À CETTE HISTOIRE DE FIANÇAILLES...
JE SUIS DÉSOLÉE, MON COMPORTEMENT N'A PAS ÉTÉ TRÈS CLAIR
IL ÉTAIT DONC TRÈS LOGIQUE QUE VOUS SOYEZ INQUIET
LE CHEF ÉTAIT VRAIMENT TRÈS PRÉ-OCCUPÉ...
HEIN ?
IL SE DEMANDAIT TRÈS SINCÈREMENT SI VOUS AVIEZ DES SENTIMENTS À SON ÉGARD

MAIS DE QUOI PARLENT-ILS ?
ZUT, IL FAUT RETOURNER À NOS POSTES !
DE QUOI POUVAIENT-ILS BIEN PARLER RIEN QUE TOUS LES DEUX ?!
MERCI POUR LES DOCUMENTS !
DE RIEN
AAAH
OUPS
JE SUIS NAVRÉE, ISAMU
EST-CE ÇA VA ?!
ÇA VA ET VOUS, VOUS N'AVEZ RIEN ?
ÇA VA

TOC
?!
...
RETOURNEZ DONC TRAVAILLER PLUTÔT QUE RESTER LÀ À BATIFOLER COMME ÇA !
CH... CHEF...

JE ME DEMANDE CE QU'IL A BIEN PU ENTENDRE ?
PEU IMPORTE... JE CROIS BIEN QUE LA SITUATION A GÉNÉRÉ UN GROS MALENTENDU
OCCUPÉ
SALLE DE CONFÉRENCE 4

FAIS CHIER !
CETTE ORDURE D'ISAMU, IL N'A MÊME PAS CHERCHÉ À SE JUSTIFIER !
MERDE...
JE LE PRENDS EN FLAGRANT DÉLIT ET LUI, IL NE DIT RIEN !!

VOUS FERIEZ MIEUX DE NE PAS TROP VOUS REPOSER SUR LUI...
IL SE DEMANDAIT TRÈS SINCÈRE-MENT SI VOUS AVIEZ DES SENTIMENTS À SON ÉGARD
JE SUIS UN IDIOT, RIEN QU'UN IMBÉCILE, MOI ET RIEN QUE MOI
IL EST VRAIMENT TRÈS SENSIBLE DONC
C'ÉTAIT DONC MOI L'OBSTACLE... MISAKO VOULAIT ISAMU ET PAS MOI
QU'EST-CE QUE J'AI PU ÊTRE STUPIDE !!

CHEF !!!
CHEF ?!
CHEF ?!
BUREAU D'ÉTUDES
SUGITA, TU N'AURAIS PAS VU LE CHEF ?!
HEIN ?!
OUAAH
TU N'AS PAS REGARDÉ LE PLANNING ? IL EST SORTI!
IL RENTRE DIRECTEMENT APRÈS
VOUS DEVRIEZ LE RATTRAPER, JE SUIS SÛRE QU'IL A MAL INTERPRÉTÉ NOTRE CONVERSATION
J'AURAIS DÛ LUI COURIR APRÈS TOUT DE SUITE...

EST-CE QUE ÇA VA ALLER, TOUS LES DEUX ?
?!
HAA
OUAAH
ドサ
ドサ
JE... JE SUIS DÉSOLÉE !
ぱっ
NON, C'EST DE MA FAUTE, JE NE REGARDAIS PAS DEVANT MOI...
AÏE
AH ! ATTENTION ! RESTEZ TRANQUILLE !

JE SUIS RASSURÉE, LA BLESSURE N'EST PAS PROFONDE
...
PENSEZ À DÉSINFECTER LA PLAIE TOUT À L'HEURE !
MAIS EN ATTENDANT, VOILÀ
NON, NE SALISSEZ PAS VOTRE BEAU MOUCHOIR POUR MOI...
CE N'EST RIEN
M... MERCI
AH...
DE RIEN
FAITES BIEN ATTENTION
ELLE EST VRAIMENT JOLIE ♡
QUEL HOMME CHARMANT ♡

DING DONG
CHEF
C'EST MOI, ISAMU !
IL EST VRAIMENT SORTI
IL NE RÉPOND PAS NON PLUS SUR SON PORTABLE… MAIS OÙ A-T-IL BIEN PU PASSER ?
MERDE, JE SUIS VRAIMENT INQUIET ! DÉPÊCHEZ-VOUS DE RENTRER !

RESTAURANT YOSHINO
AU REVOIR MONSIEUR, RENTREZ BIEN
JE COMPTE SUR VOUS POUR LA SUITE
C'EST GENTIL, MAIS PAS AUJOURD'HUI...
ÇA VOUS DIT D'ALLER FÊTER ÇA ?
PFF... NOUS VOILÀ AVEC UN POIDS EN MOINS SUR LES ÉPAULES !
VOUS AVEZ RAISON

GÉNIAL !!
MONSIEUR LE DIRECTEUR, JE VOUS ACCOMPAGNE !
GRR
...
PSCHIT

BADAN
?!
AÏE...
CHEF ?!
HUM...
J'AI MARCHÉ SUR QUELQUE CHOSE...
C'EST PAS POSSIBLE DE BOIRE JUSQU'À UNE HEURE PAREILLE...
ALLEZ, UN EFFORT, TENEZ-VOUS DEBOUT !
HÉ HÉ HÉ... ISAMU...
ENTENDU, ISAMU !

ISAMUU
AÏE AÏE !! RESTEZ CALME, BON SANG !
がく がく
ISAMU ?!
C'EST BIEN MOI ! ALLEZ, TENEZ-VOUS DROIT !
SINON, JE VOUS PRENDS DANS MES BRAS
DIRE QUE TU M'IGNORAIS ENCORE IL Y A PEU...
J'AI COMPRIS ! TU PRÉFÈRES FAIRE ÇA AVEC MOI, C'EST POURQUOI TU ES REVENU...
HEIN ?!
HORS DE MA VUE ! JE NE VEUX PLUS JAMAIS TE REVOIR !
ガチャ ガチャ
CALMEZ-VOUS UN PEU, IL EST TARD

FAIRE ÇA AVEC VOUS ?!
CLAC
HÉ HÉ... MAIS TU PEUX TE BROSSER POUR QUE JE COUCHE À NOUVEAU AVEC TOI !!
DITES DONC CHEF...
HOP
HOP
RENTRE VITE ET PARS ÉPOUSER TA CHÈRE MISAKO !!
JE NE COMPRENDS RIEN DU TOUT À VOTRE DÉLIRE...
HUM
RESTEZ TRANQUILLE ! SOYEZ GENTIL ET RETIREZ VOTRE COSTUME !
NE ME TOUCHE PAS !
MISAKO NOUS APPORTE SON SOUTIEN DANS NOTRE RELATION
ON DIRAIT QU'ELLE APPRÉCIE BEAUCOUP LES HOMMES GAYS

...
VOUS AVEZ ENTENDU ?
J'AI DIT QUE JE NE COUCHERAI PLUS AVEC TOI, ALORS VA TE TROUVER QUELQU'UN D'AUTRE !
ガチャ…
バン！
PFF...
SNIF...
VOILÀ MA PUNITION !

JE ME SUIS LAISSÉ ATTENDRIR PAR SA GENTILLESSE…
SNIF
SNIF…
ET JE ME SUIS FAIT UN FILM TOUT SEUL DANS MA TÊTE…
MAINTE-NANT IL EST TROP TARD…
OUIIIN…
OUIIN…
SI C'ÉTAIT LA FIN, J'AURAIS PRÉFÉRÉ ÊTRE CELUI QUI ROMPT…
ISA… ISAMUUUU…
OUI, QU'EST-CE QU'IL Y A ?
SNIF SNIF
VOUS AVEZ PASSÉ L'ÂGE DE PLEURNICHER COMME GOSSE !

JE PENSAIS QUE VOUS VOUS SENTIRIEZ MIEUX APRÈS ÇA, MAIS BON...
JE SUIS VRAIMENT EN COLÈRE ! VOUS M'ENTENDEZ ?
SNIF
JE N'ARRÊTE PAS DE VOUS DIRE QUE JE VOUS AIME ET VOUS, VOUS NE ME FAITES MÊME PAS CONFIANCE
SMURF
EXCUSEZ-MOI D'AVOIR ÉTÉ UN PEU FROID AVEC VOUS, MAIS VOUS ÊTES AUTANT COUPABLE QUE MOI

JE PENSAIS QUE VOUS M'AVIEZ CONFIÉ MISAKO ET VOILÀ QUE JE VOUS SURPRENDS EN TRAIN DE L'INVITER À UN RENDEZ-VOUS GALANT...
EN PLUS, JE NE SAIS PAS DE QUOI VOUS PARLIEZ, MAIS VOUS N'AVIEZ PAS BESOIN DE LA PRENDRE DANS VOS BRAS !
SNIF
VOUS N'IMAGINEZ PAS LE CHOC QUE J'AI EU
MAIS COMMENT ES-TU AU COURANT...
ドサッ
DÉSOLÉ, MAIS JE SUIS TRÈS JALOUX, ALORS JE VOUS AI SUIVIS
AVEC TOUT ÇA, J'AI COMMENCÉ À PERDRE CONFIANCE EN MOI
HEIN ?
IL FAUT DIRE QUE C'EST MOI QUI VOUS AI UN PEU FORCÉ LA MAIN AU DÉPART ALORS...
J'EN SUIS VENU À ME DEMANDER SI VOUS NE VOUS MOQUIEZ PAS DE MOI
POUR... POURQUOI DIS-TU ÇA ?!

DANS CE CAS, DITES-MOI CE QUE VOUS RESSENTEZ POUR MOI !
IMBÉ-CILE...
?!
MOI AUSSI, JE SUIS EN COLÈRE ! VOUS SURPRENDRE TOUS LES DEUX EN TRAIN DE BATIFOLER DANS LA SALLE DES ARCHIVES...
SI TU M'AIMAIS VRAIMENT, POURQUOI N'AS-TU PAS COURU POUR ME RATTRA-PER ET T'EX-PLIQUER ?!

JE...
JE T'AIME, ESPÈCE D'IDIOT !!
OUIIIIIIIIIIN !
C'EST BON, ARRÊTEZ DE PLEURER COMME ÇA !
でれ でれ
IL EST ENCORE SOÛL
SMACK
JE SUIS CONTENT DE SAVOIR QUE C'EST RÉCIPROQUE ♡
VOUS ÉTIEZ AVEC LE DIRECTEUR ?
OUI...
VEILLEZ À NE PAS VOUS RETROUVER DANS CET ÉTAT DEVANT QUELQU'UN D'AUTRE QUE MOI !
ENCORE
SNIF
HEIN ?
DES BAISERS
MOI AUSSI, J'EN VEUX TOUT PLEIN
HUM...
TOUT TOUT PLEIN

HUM...
HEIN ?!
HUM
ON DIRAIT BIEN QUE VOUS ESSAYEZ DE ME SÉDUIRE ?
TU AS ENVIE DE FAIRE L'AMOUR ?
C'EST ÉVIDENT ♡
JE SUIS TOUT BIZARRE AUJOURD'HUI...
ÇA DOIT ÊTRE L'ALCOOL...

AAH
TOUT VA BIEN !
SMACK
SI C'EST COMME ÇA QUE VOUS RÉAGISSEZ QUAND VOUS ÊTES IVRE, ALORS IL FAUT BOIRE TOUS LES SOIRS !
TCHAC
AAH
OOH
AAAH
CROC
AAH...
SMACK
AAAH...
SMACK

EN...
ENCORE...
IL EST VRAIMENT TRÈS SENSIBLE AUJOURD'HUI ♡
ZIP
PETIT PERVERS ♡
ISA-MUUUU
JE SAIS, JE SAIS ♡
HEIN ?!
AAH
AAAH
OOOH
NON, ISAMU...
SI TU CONTINUES, JE VAIS JOUIR TOUT DE SUITE !

AAH
OOOH...
JE T'AVAIS DIT QUE J'ALLAIS VENIR TOUT DE SUITE !
CE N'EST PAS GRAVE, VOUS AVEZ AIMÉ, NON ?
MAIS BON, JE N'AI PAS EU MA DOSE...
OUI, NOUS ALLONS PRENDRE NOTRE PIED TOUTE LA NUIT !

SLURP
EST-CE QUE VOUS M'AIMEZ ?
OUI
DITES-LE ENCORE UNE FOIS
SLURP
JE T'AIME
ISAMU, JE T'AIME
MÊME SI JE VOUS FAIS TOUT PLEIN DE CHOSES COCHONNES ?
HUM...
VOUS M'AIMEZ ?
JE T'AIME...
C'EST POURQUOI...
HAN
TU PEUX Y ALLER À FOND CETTE FOIS, FAIS-MOI JOUIR COMME JAMAIS TU NE L'AS FAIT !
ぞくぞくっ
HI HI

がばっ
DANS CE CAS, JE NE VAIS PAS ME GÊNER !
AAH
SLURP
AAH
SLURP
HUM...
SWITCH
SLURP
AH
AAH
SLURP
SWITCH
ぶるっ
OOOH
AAH... AAH
C'EST SI BON...
SLURP
SLURP
VIENS VITE, ISAMU !

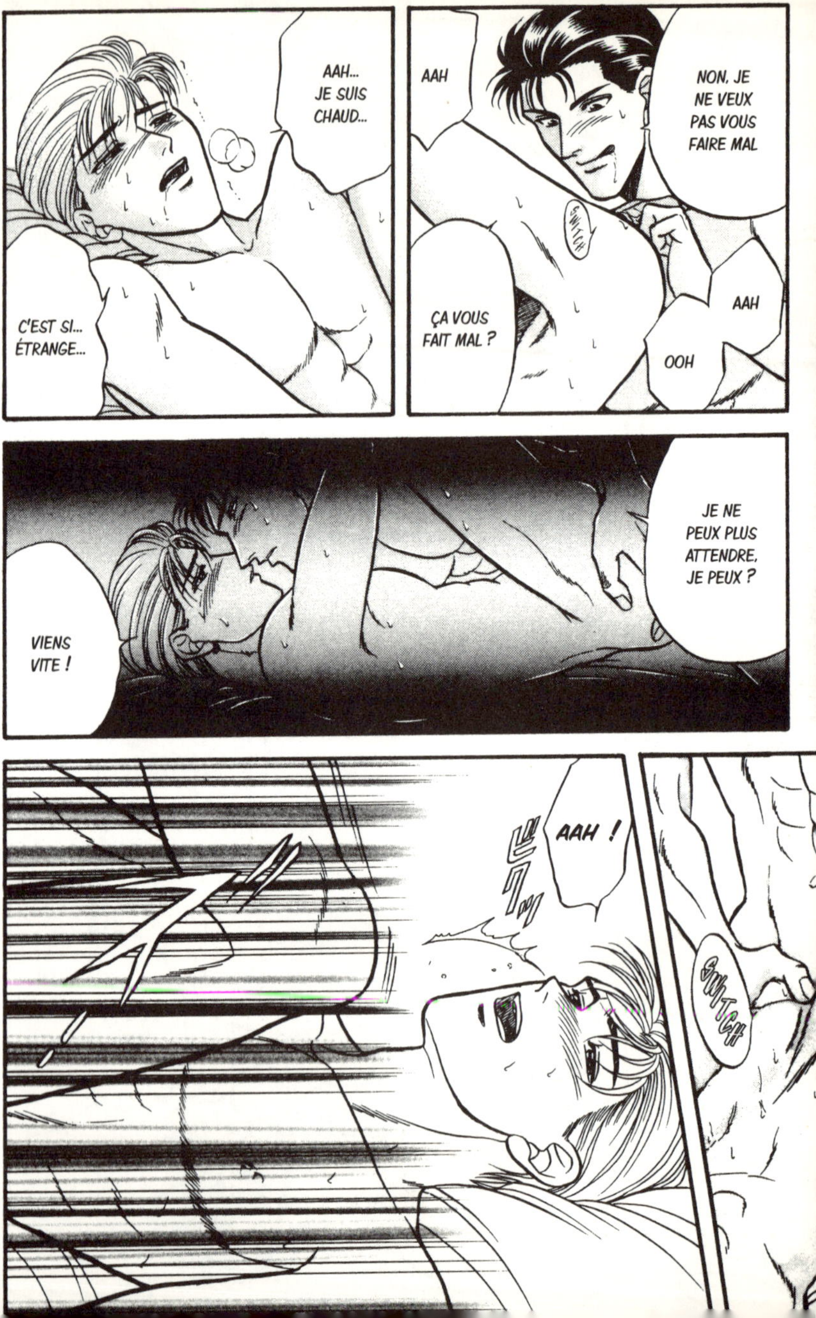
NON, JE NE VEUX PAS VOUS FAIRE MAL
AAH
SWITCH
ÇA VOUS FAIT MAL ?
AAH
OOH
AAH... JE SUIS CHAUD...
C'EST SI... ÉTRANGE...
JE NE PEUX PLUS ATTENDRE, JE PEUX ?
VIENS VITE !
SWITCH
AAH !

AAH... AAH
AH
AH
AH
AH
I... ISAMUUUU !!
PAF
PAF
AAH
HAN
SWITCH
SWITCH
AAH
C'EST... SI BON... AAH
HUM
NON !
J'AR-RIVE...
HUM

DÉSOLÉ ISAMU… JUSQU'À AUJOURD'HUI, JE N'AVAIS JAMAIS RÉUSSI À TE DIRE À QUEL POINT JE T'AIME
…
JE SUIS SI HEUREUX D'AVOIR PU ENFIN L'EXPRIMER
JE N'AI PLUS BESOIN DE MA FIERTÉ STUPIDE
TU ES CE QUI COMPTE LE PLUS POUR MOI, DÉSORMAIS
J'AI ENFIN COMPRIS À QUEL POINT TU ÉTAIS IMPORTANT POUR MOI !
HUM...

C'EST SANS DOUTE À CAUSE DE L'ALCOOL, MAIS...
J'AVAIS VRAIMENT ENVIE DE SEXE !
カー！
MAIS CE N'EST PAS GRAVE, C'EST AVEC LUI
ZZZ
CHEF...
JE VOUS AIME...
IL FAIT UNE DRÔLE DE TÊTE, JE ME DEMANDE À QUOI IL PENSE...
PFF
ZZZ ZZZ
MAIS BON, MOI AUSSI...
ZZZ
JE T'AIME
HÉ VOILÀ

BUREAU DU PRÉSIDENT
ALORS, COMMENT SE PASSE TON TRAVAIL ?
TRÈS BIEN, TOUT LE MONDE EST VRAIMENT GENTIL AVEC MOI
BIEN, EN CE QUI CONCERNE CETTE HISTOIRE...
DÈS QUE TU SERAS PRÊTE, NOUS POURRONS ORGANISER LA CÉRÉMONIE DE MARIAGE...
EUH... MON ONCLE, JUSTEMENT J'AIMERAIS VOUS PARLER DE QUELQUE CHOSE À CE SUJET...
NE TE GÊNE PAS, DIS-MOI TOUT !
J'AI RENCONTRÉ IL Y A PEU UNE PERSONNE...
JE SAIS QUE C'EST L'HOMME DE MA VIE, ET DONC HIER SOIR, MA VERTU...
AAH
AAH... C'EST TRÈS EMBARRASSANT DE VOUS PARLER DE ÇA...

RETIRE-TOI !! J'AI DEUX MOTS À LUI DIRE !!
VERTU : 1- DISPOSITION QUI PORTE VERS LE BIEN, PRINCIPE 2- CHASTETÉ FÉMININE
TRÈS BIEN, J'ARRIVE TOUT DE SUITE
LE PRÉSIDENT ?!
HEIN ?
LE PRÉSIDENT ?!
ISAMU, TÉLÉPHONE POUR TOI !
CHEF, JE VIENS AVEC VOUS...

BIEN, C'EST MAINTE-NANT OU JAMAIS
JE DOIS DIRE LA VÉRITÉ AU PRÉSIDENT
AAH... QUE DOIS-JE FAIRE ?!
MAIS OUI, JE DOIS VITE ALLER LE PRÉVENIR
たっ
たっ
たっ
MISAKO !
AAH, ISAMU !
JE NE SAIS PAS QUOI FAIRE ?! JE CROIS QUE TAKASHI EST DANS LE PÉTRIN...
HEIN ?!
BUREAU DE PRÉSIDENT
HO HO...

TU OSES ME DIRE QUE TU N'AS PAS L'INTENTION D'ÉPOUSER MISAKO ?!
EUH... OUI, C'EST BIEN ÇA !
C'EST PLUTÔT À MOI DE REFUSER ! QU'EST-CE QUE J'AI PU ÊTRE STUPIDE EN PENSANT QUE TU POUVAIS LUI CONVENIR !
GRRR
JE RESPECTE VOTRE AVIS, MONSIEUR
MAIS JE LUI AI BIEN FAIT COMPRENDRE QUE ÇA N'ARRIVERAIT JAMAIS !
COMMENT OSES-TU DIRE ÇA APRÈS CE QUE TU LUI AS FAIT ?!
HEIN ?!
C'EST IMPARDONNABLE !! TU ES VIRÉ !! JE VAIS TE PLONGER DANS DU BÉTON ET PUIS TE JETER À LA MER !!

MONSIEUR LE PRÉSIDENT, J'AI À VOUS PARLER !
MON ONCLE !
ISAMU ?! MISAKO ?!
C'EST QUI CE TYPE ?!
JE M'APPELLE ISAMU KATSURAGI, JE TRAVAILLE AU BUREAU D'ÉTUDES ! MONSIEUR, JE DOIS VOUS DIRE LA VÉRITÉ !
JE... NON, LE CHEF ET MOI, EN RÉALITÉ...
OUAH ! TAIS-TOI IMBÉCILE !!
ARG...
MISAKO !!

J'AI PRIS MA DÉCISION ! J'ACCEPTE DE ME BATTRE S'IL LE FAUT CONTRE TON ONCLE !
ALORS JE T'EN SUPPLIE, MISAKO, RESTE AVEC MOI !
ACCEPTES-TU DE DEVENIR MA FEMME ?
HEIN ?!
QUOIII ?!
GENTA ?!
C'EST GENTA WATANABE, DU SERVICE COMMERCIAL ?!
MISAKO...
OUI
JE FERAI DE TOI LA FEMME LA PLUS HEUREUSE DU MONDE
OUIIIIN
MONSIEUR, RESSAISISSEZ-VOUS !
SES YEUX SONT TOUT BLANC

FÉLICITATIONS
FÉLICITATIONS
EN TOUT CAS, LE COSTARD NE LUI VA PAS DU TOUT
OUIIIN
IL VOULAIT ABSOLUMENT VOIR LA FUTURE ÉPOUSE EN ROBE DE MARIÉE DONC...
QUI ÇA ?!
LE PRÉSIDENT !
ELLE EST SPLENDIDE, MISAKO
JE COMPRENDS...
SNIF
TU ME FAIS HONTE, À TON ÂGE...
MOI AUSSI, J'AI ENVIE DE ME MARIER...
JE L'ENVIE
ET OÙ EST TON HOMME ?
EN TOUT CAS, C'EST PRÉFÉRABLE DE CHOISIR DANS SON ENTOURAGE ♡
AU FAIT, VOUS AVEZ VU COMME LE CHEF A CHANGÉ ?
OUI, IL EST VRAIMENT SÉDUISANT
AH
CHEF, J'AIMERAIS PRENDRE DES PHOTOS AVEC VOUS PLUS TARD !
C'EST PAS JUSTE, MOI AUSSI !

D'ACCORD, AVEC PLAISIR
CHEF, C'ÉTAIT MIEUX AVEC VOTRE ANCIENNE COUPE ET VOS LUNETTES !
LES RAPACES !!
FAUT SAVOIR CE QUE TU VEUX, TU M'AS DIT PRÉFÉRER COMME ÇA...
MAIS MOI, JE TROUVE QUE LES CHEVEUX EN ARRIÈRE ÇA ME VA MIEUX
EN PLUS, JE NE SUPPORTE PAS LONGTEMPS LES LENTILLES
DITES...
EN RENTRANT, ON FAIT LA FÊTE CHEZ MOI, RIEN QUE TOUS LES DEUX ?
CHEZ TOI, C'EST TROP SALE
VOUS ACCEPTEREZ BIEN DE FAIRE LE MÉNAGE ?
MONSIEUR TAKASHI ♡

DIS DONC, TU SERAIS PAS EN TRAIN DE ME PRENDRE POUR TA FEMME DE MÉNAGE ?!
TOUT À FAIT, J'AI GRAND BESOIN...
D'UN HOMME DE MÉNAGE QUI ME CONNAISSE PARFAITEMENT
JE COMPTE SUR TOI
...
N'ABUSE PAS DE MA GENTILLESSE
JE VAIS JUSTE TE MONTRER À QUEL POINT LES PRODUITS DE NOTRE SOCIÉTÉ SONT EXCELLENTS !

CHEF ! ISAMU !
JE VAIS LE LANCER, ATTRAPEZ-LE !
HEIN ?
LANCER QUOI ?
C'EST PAS VRAI...
FINALEMENT, JE CROIS QUE JE VAIS DEVOIR...
OUAAH
NON MAIS...
VITE, UNE PHOTO !
M'OCCUPER DE LUI TOUTE MA VIE !

HOUSEKEEPER OF BUSINESS SUIT – END

HAND POWER
LE CARNET DE RENDEZ-VOUS DU DOCTEUR ARIMA
2E PARTIE

KAZUMA
KODAKA

ÇA NE FAIT QUE SIX MOIS ET POURTANT JE NE RECONNAIS PLUS RIEN
YUSUKE BEPPU (19 ANS), INSCRIT DANS LE CLUB DE FOOTBALL, DE RETOUR DANS CETTE VILLE
SA MOTIVATION PRINCIPALE, REVOIR SON ACUPONCTEUR…
EST-CE QU'IL M'A DÉJÀ OUBLIÉ ?
かしかし

LE DOCTEUR ARIMA, CELUI QUE L'ON SURNOMME "LES DOIGTS D'OR", CAPABLE DE TROUVER TOUS VOS POINTS SEXUELS
VAS-Y, DÉSHABILLE-TOI
VITE !
UN ACUPONCTEUR DONT LE PETIT VICE EST DE DÉVORER TOUS SES PATIENTS
YUSUKE EST L'UNE DE SES VICTIMES…
JE VOUS LAISSE VOUS REPORTER À LA PAGE 67 AU CHAPITRE "LE CARNET DE RENDEZ-VOUS DU DOCTEUR ARIMA"
IL NE S'EST PAS RENDU COMPTE QUE LE DOCTEUR NE FAISAIT QUE RECOMMENCER SON PETIT JEU ET IL EST DEVENU ACCRO À CELUI-CI
QUAND J'Y REPENSE…
AAH
MALGRÉ LE FAIT QUE C'ÉTAIT MA PREMIÈRE FOIS, J'AI ADORÉ… EST-CE QUE JE NE SERAIS PAS UN PERVERS ?
IL A DÉJÀ FAIT DES PLANS (IL A MÊME MIS UN NOUVEAU CALEÇON)
ÇA FAISAIT LONGTEMPS MON PETIT YUSUKE !
NON, PAS TOUT DE SUITE
AAAH, JE SUIS TOUT EXCITÉ

DU CALME, DU CALME ! JE NE DOIS PAS M'EXCITER !
AH...
TU M'AS FAIT MAL !
REGARDE UN PEU OÙ TU MARCHES !
PARDON... MA CARTE DE CONSUL-TATION ?!
CONSUL-TATION ?!
AH, LA VOILÀ !
LE DOCTEUR ARIMA... YUSUKE BEPPU...
CARTE DE CONSULTATION DOCTEUR ARIMA
PATIENT : MONSIEUR YUSUKE BEPPU
MERCI DE L'AVOIR RAMASSÉE, C'EST À MOI...

HUM...
?!
ジロ
ジロ
DIS DONC, TU FAIS DU SPORT ?
OUI... DU FOOT... VOUS POUVEZ ME RENDRE MA CARTE ?
DU FOOT-BALL ?
HA HA HA
?
EUH...
adidas
EQUIPMENT
TU AS DÉJÀ PERDU !
ピタッ

MOI, JE FAIS PARTIE DU CLUB D'ESCRIME !
くるりん
AU REVOIR, MONSIEUR LE FOOT-BALLEUR !
HA HA HA HA HA
HEIN ?!
MIAOU
TOI !
IL NE T'A RIEN FAIT ?!
PARDON ?!
ポン
SI C'EST LE CAS, TANT MIEUX !

AU REVOIR
...
スタスタ
EUH...
C'ÉTAIT QUOI ÇA, JUSTE À L'INSTANT ?
JE DOIS ME CONCENTRER À NOUVEAU...
TIENS ?!
GRANDE SŒUR, REGARDE !
HEIIIIN ?!
JE ME SOUVIENS DE CE JEUNE ÉTUDIANT, PAS TOI ?!
SI, SI ! UN PATIENT DU DOCTEUR ARIMA

MESDAMES ! LES BOLS !
JE TOURNE À CE CARREFOUR…
HEIN ?
SLURP
TU VAS RENDRE VISITE AU DOCTEUR ?
MESDAMES, RENDEZ-MOI VOS BOLS !
NON MAIS !
J'AI CRU QUE C'ÉTAIT DES MONSTRES…
ÇA FAISAIT LONGTEMPS, MON GARÇON !
C'EST BIEN ÇA, TU VAS CHEZ LE DOCTEUR ARIMA ?
EUH…
JE NE DOIS PAS ME LAISSER ENTRAÎNER PAR CES DEUX MAMIES
ELLES VONT M'ENVOÛTER !

DÉSOLÉ, MAIS JE SUIS PRESSÉ, DONC AU REVOIR !
TU VOIS QUE J'AVAIS RAISON !
MON GARÇON, TU CONNAIS LA NOUVELLE ADRESSE DU DOCTEUR ?
たっ
ぴ
UNE NOUVELLE ADRESSE !
NE ME DITES PAS QU'IL A DÉMÉNAGÉ ?!
IL N'ÉTAIT PAS AU COURANT
JE VOIS ÇA
C'EST OÙ ?! C'EST LOIN D'ICI ?!
...
PATATES DOUCES ! PATATES DOUCES !
ALORS, C'EST LOIN D'ICI ?!
EH BIEN...
MERCI
C'EST LOIN ET PROCHE EN MÊME TEMPS
MIAM
MIAM

HEIN ?
MON GARÇON, TU VEUX BIEN ME PORTER ?
HÉ TAXI !
MONSIEUR LE CHAUFFEUR, ALLEZ TOUT DROIT
DITES DONC, J'ESPÈRE QU'ON AVAIT VRAIMENT BESOIN D'UN TAXI !
J'ADORE LES PROMENADES EN VOITURE ♡
HÉ LES MÉMÉS, VOUS ÉCOUTEZ CE QUE JE DIS ?!
LET'S GO !
UNE BALADE EN VOITURE !

♫
CLINIQUE DU DOCTEUR ARIMA
OUPS
OUVERT
カタン
CONSULTATIONS TERMINÉES POUR AUJOURD'HUI
TSHH
...
1-1

PFF...
TOC
AAH...
こそ…
TCHAC
...
TAKA-MAHARA, C'EST TOI ?
TU VEUX BIEN ARRÊTER DE JOUER AU FANTÔME

JE SUIS SÛR QUE VOUS N'AVEZ JAMAIS VU DE FANTÔME AUSSI BEAU QUE MOI ?
QUI PLUS EST, QUI SOIT AUSSI RÉSERVÉ ?
TU VEUX DIRE AU POINT DE NE PAS LE CONNAÎTRE ?
TRÈS DRÔLE !
HUM
M'APPELER PAR MON NOM, C'EST VRAIMENT TRÈS FROID DE VOTRE PART
APPELEZ-MOI PAR MON PRÉNOM !
AH ! RENDS-MOI MA CIGARETTE !
J'AI COMPRIS MINAMI, ALORS DÉPÊCHE-TOI DE DESCENDRE TOUT DE SUITE DE MES GENOUX !
RENDS-LA MOI...
ぐしゃ
NON !

SLURP
MINAMI...
HUM...
J'AI CHANGÉ VOTRE PANCARTE SUR L'ENTRÉE
VOUS ALLEZ POUVOIR VOUS CONSACRER À MA CONSULTATION PERSONNELLE
MOI AUSSI, J'AIMERAIS BIEN, NE SERAIT-CE QU'UNE FOIS DANS MA VIE, AGIR AU GRÉ DE MES DÉSIRS
MÊME SI JE CROIS QU'ON EN VIENT À PERDRE CONFIANCE
HA HA HA
UTILISEZ VOTRE LANGUE !
TOUT LE MONDE SE PROSTERNE DEVANT MA BEAUTÉ !
CE N'EST PAS SIMPLEMENT VOUS ! VOUS ÊTES RASSURÉ ?
TU N'AURAIS PAS LE SCEAU DU DIABLE TATOUÉ SUR TOI ?
SUR LES FESSES
SI JE SUIS UN DÉMON, VOUS ÊTES LE ROI DES ENFERS !
AUSCULTEZ-MOI PARTOUT !
UNE FOIS QUE J'AURAI FINI, JE POURRAI ME REMETTRE AU TRAVAIL ?
UNE FOIS QUE VOUS M'AUREZ COMPLÈTEMENT SATISFAIT !

バタン
AH, C'EST LÀ !
ばり
ばり
CLINIQUE DU DOCTEUR ARIMA
MAIS... C'EST JUSTE À CÔTÉ DE LA GARE... EN PLUS, CE N'EST PAS LOIN DE L'ANCIEN CABINET !
ぼり
ぼり
ばり
ばり
VOUS VOUS ÊTES BIEN FICHUES DE MOI ! ME FAIRE FAIRE CE DÉTOUR EN TAXI ET ME DEMANDER DE VOUS ACHETER DES BONBONS !
ブロロ…
TU EXAGÈRES
ON N'A POURTANT PAS MENTI...
VOUS NE M'AUREZ PAS UNE SECONDE FOIS ! BIEN, AU REVOIR !
TIENS ?!
NIQUE DU
EUR ARIMA
EUH...
ドキィ

AH ! TU ES LE GARÇON DE TOUT À L'HEURE !
きりっ
VOUS... VOUS ENTREZ ?
NON MERCI ! JE PRÉFÈRE ATTENDRE ICI !
EUH...
QU'EST-CE QU'IL FABRIQUE ICI ?
HEIN ? CONSULTATIONS TERMINÉES ?!
C'EST PAS VRAI ?! DIRE QUE JE SUIS VENU JUSQU'ICI...
C'EST OUVERT
BON... BONJOUR...
VLAF
DOCTEUR ? IL Y A QUELQU'UN ?

...
...
IL Y A BIEN QUELQU'UN
JE ME PERMETS
DOC-TEUR...
IL EST BIEN LÀ
OUI, C'EST BON LÀ... AAH...
C'EST TROP BON... OOOH...
AAH

AAH
AAH
C'EST BON
NE... VOUS ARRÊTEZ PAS !
ガタ
ガタ
DOCTEUR...
AAAH...
JE VAIS JOUIR !!

adidas
adidas
EQUIPMENT
?!
QUI EST LÀ ?
EUH...
IMPOS-SIBLE !!
DIRE QUE C'ÉTAIT LE MEILLEUR MOMENT...
...
C'EST PAS LE MEC DU CLUB D'ESCRIME DE TOUT À L'HEURE ?!
JE NE SAVAIS PAS... QUE VOUS ÉTIEZ... EN PLEINE CONSUL-TATION...

CES YEUX DE CHAT ! C'EST TROP MIGNON...
じーっ
AN
YUSUKE BEPPU, DU CLUB DE FOOTBALL !!
OUI, C'EST BIEN ÇA ! AUJOURD'HUI ENCORE, J'AI MAL À LA JAMBE DONC...
MAIS QU'EST-CE QUE TU RACONTES ?
ON SAIT TOUS QUE TU ES VENU ICI POUR TE FAIRE PRENDRE PAR LE DOCTEUR
JE NE SAIS PAS CE QUI S'EST PASSÉ LA DERNIÈRE FOIS, MAIS MALHEUREUSEMENT POUR TOI...
IL NE S'OCCUPE PLUS QUE DE MOI DÉSORMAIS
TU AS COMPRIS ? ALORS RENTRE CHEZ TOI !
ぴっと♡
JE PEUX SAVOIR QUAND TU AS DÉCIDÉ ÇA ?!

ばりっぼりっ
QUELLE LUTTE ACHARNÉE !
ぼりばり
?!
DOCTEUR, QUEL SUCCÈS !
ばり
ぼり
ぼり
OUAAH ! DES MONSTRES !!
MESDAMES, QUAND AVEZ-VOUS RÉUSSI À RENTRER ICI ?!
VOUS ÊTES LÀ DEPUIS QUAND ?!
NE VOUS SOUCIEZ PAC DE NOUS, CONTINUEZ !
MAIS BON, CE JEUNE HOMME EST TRÈS BEAU ! SA PEAU EST TOUTE DOUCE ♡
ざわわわわっ
OÙ ÇA ? OÙ ÇA ?

HO...
HOKUTO !
ドドドド
ドド
MAIS... QUOI ?
じょわっち
ふわり
ダン

GÉNIAL !!
パチ パチ
ON DIRAIT UN VRAI COUPLE DE DANSEURS, TOUS LES DEUX !
TU VAS BIEN, MINANI ?
PAS DU TOUT ! DEUX MONSTRES ONT PLANTÉ DES AIGUILLES DANS MA PEAU...
MAIS POURQUOI TU RÉAGIS COMME ÇA ?!
...
だらだら
MINAMI, TU FERAIS MIEUX D'ENFILER QUELQUE CHOSE !
EUH... HOKUTO ?
OUI
J'EN AI FINI AVEC MINAMI, TU PEUX LE RACCOMPAGNER !
QUOI ?!

QU'EST-CE QUE ÇA SIGNIFIE ?!
NE ME DITES PAS QUE VOUS PRÉFÉREZ CE GARS À MOI ?!
JE PEUX COMPRENDRE TON ENVIE DE TE PRENDRE POUR UN ADULTE QUI JOUE AVEC LE FEU MAIS...
C'EST DIX ANNÉES TROP TÔT POUR FAIRE DE MOI UN SUBSTITUT
TU DÉLAISSES CELUI QUI COMPTE POUR TOI AFIN DE VENIR SIMPLEMENT T'AMUSER
QUOI ? JE COMPRENDS RIEN À CE QUE VOUS DITES !
DANS CE CAS, JE T'INTERDIS DE REVENIR ICI TANT QUE TU N'AURAS PAS RÉFLÉCHI À LA QUESTION
ET JE TE CONSEILLE VIVEMENT DE DISCUTER AVEC HOKUTO SUR LE CHEMIN DU RETOUR
POUR LES HOMMES AUSSI, LA VIRGINITÉ EST UNE CHOSE TRÈS IMPORTANTE, N'EST-CE PAS YUSUKE ?
EUH...
ÇA ME GÊNE QU'IL DISE ÇA...
IL M'A FAIT L'AMOUR SANS TROP SAVOIR POURQUOI...
ALORS ME PARLER DE CE GENRE DE CHOSE... JE SUIS UN PEU PERDU...

PFF
TOUT ÇA EST STUPIDE ! SI VOUS VOULEZ ME QUITTER, FAITES-LE DE FAÇON PLUS CLASSE !
JE SUIS DÉSOLÉ
VOUS LE REGRETTEREZ DOCTEUR !
JE VAIS DEVENIR UN HOMME SI SÉDUISANT QUE VOUS N'AUREZ QU'UNE ENVIE C'EST QUE JE REVIENNE AVEC VOUS !
JE SUIS TRÈS IMPATIENT
ON RENTRE, HOKUTO !
MINAMI, TU OUBLIES TON PANTALON...
BIEN, MESDAMES, C'EST À VOTRE TOUR
LE SPECTACLE EST FINI
TROP NUL...

RENTREZ DIRECTEMENT, COMPRIS ! INTERDICTION DE QUÉMANDER DE LA NOURRITURE !
À DEMAIN, DOCTEUR
OUI OUI
...
BIEN...
CLAC
HEIN ?
JE SUIS DÉSOLÉ, JE VAIS RENTRER
TOUTES MES EXCUSES POUR VOUS AVOIR DÉRANGÉ
HÉ LÀ !
JE NE CONNAIS TOUJOURS PAS LA VRAIE RAISON QUI T'A POUSSÉ À REVENIR ICI !

EUH... JE SUIS DÉSOLÉ...
TU ES DÉSOLÉ ?
TU ES DONC VENU ICI POUR T'EXCUSER DE L'ERREUR QUE NOUS AVONS COMMISE L'AUTRE JOUR ?
CE N'ÉTAIT EN AUCUN CAS UNE ERREUR !
C'EST PEUT-ÊTRE LE CAS POUR VOUS, DOCTEUR, MAIS J'AI UN PEU RÉFLÉCHI À CE QUE VOUS AVEZ DIT TOUT À L'HEURE...
MALGRÉ CELA, VOUS ÊTES LA SEULE PERSONNE QUI COMPTE POUR MOI ET...
PENDANT CES SIX DERNIERS MOIS, À L'ÉCOLE COMME PENDANT MES SÉANCES DE FOOT...
JE N'AI PAS ARRÊTÉ DE PENSER À VOUS...
JE VOULAIS TELLEMENT VOUS REVOIR
MAIS J'AI ÉTÉ TRÈS ÉGOÏSTE ET VOILÀ QUE JE VOUS CAUSE DES ENNUIS...

J'AI BIEN COMPRIS
JE SUIS DÉSOLÉ, JE NE REVIEN-DRAI PLUS...
ÇA VA
TU N'AS AUCUNE RAISON DE PLEURER
HEIN ?
TIENS... POURQUOI JE...
C'EST BIZARRE...
SMACK
C'EST LA PREMIÈRE FOIS QU'ON ME FAIT LA COUR DE FAÇON SI SINCÈRE ET CHALEUREUSE
JE DEVRAIS PENSER À TON FUTUR ET RENONCER, MAIS JE CROIS QUE JE SUIS VRAIMENT EN TRAIN DE TOMBER AMOUREUX DE TOI

DEPUIS NOTRE PREMIÈRE FOIS ENSEMBLE, MOI NON PLUS JE N'AI PAS ARRÊTÉ DE PENSER À TOI
JE ME SUIS RENDU COMPTE QUE CELA AVAIT ÉTÉ COMPLÈTEMENT DIFFÉRENT DE CE QUE J'AVAIS PU VIVRE JUSQU'ALORS
VOUS VOULEZ DIRE QUE C'ÉTAIT MOYEN ?
HI HI
PAS DU TOUT
JE PENSAIS QUE TU AVAIS L'HABITUDE DE CE GENRE DE CHOSE MAIS...
AH
C'ÉTAIT TA PREMIÈRE FOIS ?
OUI
スル…
adidas EQUIPMENT
JE SUIS NAVRÉ... JE CROIS QUE JE NE VAIS PAS POUVOIR RÉSISTER AUJOURD'HUI NON PLUS, ALORS SI TU AS PEUR, TU PEUX T'ENFUIR
BUREAU
HUM

POF
EUH...
TU NE VEUX PAS FAIRE ÇA ICI ? OU BIEN TU AS PEUR DE T'ENFUIR ?
AH
AH
NON...
JE ME DIS QUE SI QUELQU'UN ENTRAIT, CELA POURRAIT ÊTRE EMBARRASSANT POUR VOUS...
SINON, ÇA NE ME GÊNE PAS DU TOUT...
QUE FAIRE ?! JE SUIS TOUT EXCITÉ...
うず うず
SI ÇA TE VA, ÇA ME VA AUSSI
BOBOM
TU DIS ÇA POUR QUE JE SOIS DAVANTAGE IMPATIENT ?

VOUS RENDRE IMPATIENT ? PAS DU TOUT...
TU ES SÛR ?
TU ME PROVOQUES, ALORS COMMENT VEUX-TU QUE JE ME RETIENNE ?
HUM
CES LÈVRES ROSÉES...
CES CANINES IRRÉGULIÈRES...
UNE PEAU SI DOUCE QU'ON DIRAIT QU'ELLE ASPIRE LA MAIN DE CELUI QUI LA TOUCHE...
AAH...
TES TÉTONS SI ATTIRANTS...
AAH
TOUT CECI M'EXCITE...
C'EST... VRAI, DOCTEUR ?
OUI, J'AI MÊME L'IMPRESSION QUE JE NE VAIS PAS RÉUSSIR À ME CONTRÔLER...
TU ES SI MIGNON

HUM...
AAH
SLURP
SLURP
DOCTEUR, JE ME SENS FONDRE...
スタ スタ
HOKUTO !!

TU M'AIMES, N'EST-CE PAS ?
...
TU M'AIMES, JE ME TROMPE ?! BIEN SÛR QUE TU M'AIMES !
OUI...
TU VOIS, J'EN ÉTAIS SÛR !
C'EST IMPOSSIBLE, LE DOCTEUR ARIMA S'EST TROMPÉ... TOI, L'AMOUR DE MA VIE, ÇA ME FAIT RIRE !
JE L'AIME ? OUI, JE L'AIME...
ZIP
ZIP
IL FAUT VRAIMENT L'AIMER POUR POUVOIR SUPPORTER LUI ET SA FAMILLE
LA BEAUTÉ EST UN CRIME !!
パサッ
DU MOINS POUR L'INSTANT
JE ME DOIS DE LIMITER AU MAXI-MUM LES DOMMAGES SUR LES GENS ORDI-NAIRES
VOILÀ MA MISSION !
CETTE ROUTE EST ENCORE PLUS PETITE QUE L'ENTRÉE DE CHEZ MOI, C'EST VRAIMENT DIFFICILE DE MARCHER ICI !
CNN

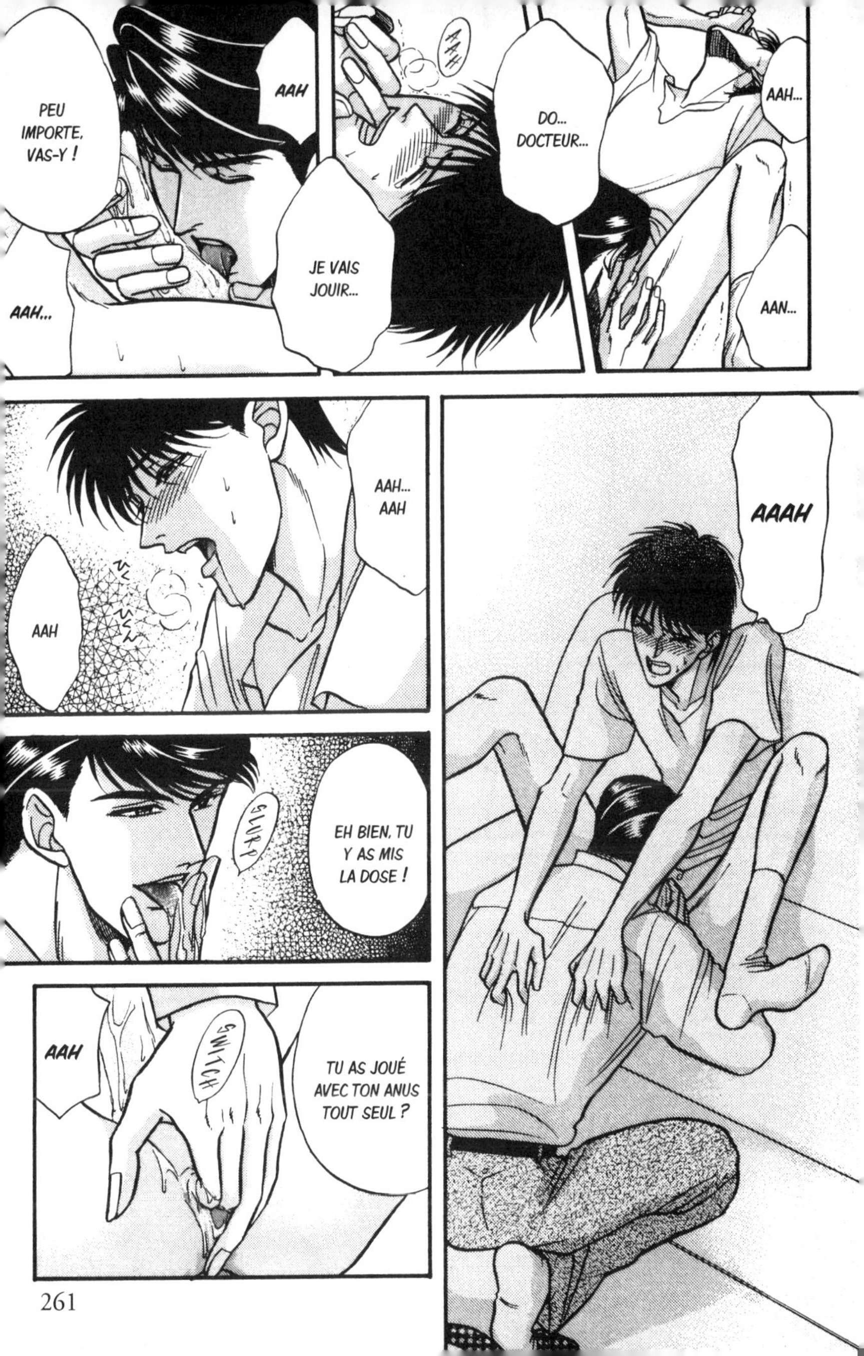
AAH...
DO... DOCTEUR...
AAN...
AAH
AAH
JE VAIS JOUIR...
PEU IMPORTE, VAS-Y !
AAH...
AAAH
AAH... AAH
AAH
EH BIEN, TU Y AS MIS LA DOSE !
SLURP
TU AS JOUÉ AVEC TON ANUS TOUT SEUL ?
SWITCH
AAH

ET TU AS LAISSÉ D'AUTRES LE FAIRE ?
AAH
JE... JE NE L'AI JAMAIS FAIT...
AAH
JAMAIS...
SWITCH
SWITCH
C'EST VRAI, C'EST TRÈS SERRÉ
SWITCH
JE VAIS TE RÉCOMPENSER POUR TON HONNÊTETÉ
SMILE ♡
LES DOIGTS D'OR ♡
SWITCH
AAAH
FLIP
AAH
NON !! ÇA ME REND TOUT BIZARRE...
SWITCH
SWITCH
SWITCH
SWITCH
AAAH
NON...

AAH...
OH...
きゅう
DÉSOLÉ, J'Y SUIS ALLÉ UN PEU FORT...
DOCTEUR...
OUI ?
JE SUIS VRAIMENT ÉGOÏSTE...
ÇA VA, ÇA VA
JE SUIS CONTENT DE TE DONNER DU PLAISIR
MOI... MOI AUSSI...
LAISSEZ-MOI VOUS SUCER ?
TU TE RENDS COMPTE DE CE QUE TU DIS ?
BEN DIS DONC
JE MANQUE D'EXPÉRIENCE, MAIS... J'AI VRAIMENT ENVIE DE VOUS SUCER...
くらくら

HORS DE QUESTION DE ME FAIR BATTRE PAR CET ESCRIMEUR
MINAMI N'EST PAS ALLÉ JUSQUE LÀ...
YUSUKE ?!
ELLE EST ÉNORME
HUM
SLURP
びくっ
AAH
AAH...
SLURP
HUM
SLURP
SLURP
AAAH...
AH...
JE NE TIENS PLUS !
ぐいっ
HEIN ?

AH
DOC-
TEUR...
JE T'AVAIS
PRÉVENU ! JE
NE PEUX PLUS
ME RETENIR !
AAH
MÊME TES
PLEURS NE
M'ARRÊTE-
RONT PAS
AAH
OOH...
OOH
AAAH
HUM...
HAAAN...
ぶるっ

SMACK
JE T'AI COMPLÈTEMENT PÉNÉTRÉ, ÇA VA ?
HUM...
J'AI CHAUD, DOCTEUR...
AAH
J'AI CHAUD, ÇA BOURDONNE DANS MA TÊTE... C'EST SI BON...
HI HI
ON VA ESSAYER DE VOIR CE QUE ÇA DONNE QUAND JE BOUGE UN PEU...
AAH
OOH
AAH
NON !! ÇA BRÛLE... AAH
OOOH

AAH...
HAAN...
JE VAIS JOUIR...
ENCORE UNE FOIS
AAH... J'AR-RIIIIIVE !
OOH
AAAAAH !
JE T'AIME, YUSUKE
AH
MOI... AUSSI...
VOUS ÊTES UN MENTEUR, DOCTEUR !
MIAOU

VOUS AVIEZ DIT QUE C'ÉTAIT MA MÈRE QUE VOUS PRÉFÉRIEZ !
VOUS ÊTES MÉCHANT !!
HARUKA, QU'EST-CE QUE TU FAIS ICI ?
HEIN ?
ON M'A DIT QUE VOUS ÉTIEZ AVEC QUELQU'UN ET QUE VOUS LA TROMPIEZ !
VOUS AVEZ DÉJÀ FINI ?
EUH

ATTENDS YUSUKE !! TOUT CECI N'EST QU'UN MALENTENDU !!
IL L'A ATTEINT EN PLEIN DANS LE MILLE
WON
J'AI FINALEMENT BIEN COMPRIS QUI VOUS ÊTES ! CONTINUEZ À VOUS AMUSER ET J'ESPÈRE QUE VOUS ATTRAPEREZ DES COCHONNERIES !!
YUSUKE...
JE SUIS CONTENT... MAMAN ET MOI, ON VA CONTINUER À VENIR DANS VOTRE CABINET ♡
ON RENTRE ?
OUI
adidas EQUIPMENT
LE CARNET DE RENDEZ-VOUS DU DOCTEUR ARIMA, 2E PARTIE – END

KAZUMA
KODAKA

HOUSEKEEPER OF BUSINESS SUIT

KAZUMA
KODAKA

SOCIÉTÉ D SPÉCIALISÉE DANS LES PRODUITS D'ENTRETIEN A POUR MISSION DE VOUS OFFRIR DES JOURNÉES PROPRES
LES RÉUNIONS MATINALES SONT TOUJOURS TRÈS TENDUES AU SEIN DE SON BUREAU D'ÉTUDES
NAKAMURA...
O... OUI ?!
LA PROPRETÉ, CE N'EST PAS SEULEMENT NETTOYER DANS LES ENDROITS VISIBLES !
TON CLAVIER EST PLEIN DE POUSSIÈRE ENTRE LES TOUCHES !
RECALÉ
SECTION COMMERCIALE, J'ÉCOUTE ?
UNE DOUZAINE DE SPRAY NETTOYANT CLAVIER POUR NAKAMURA !
OUAAAH
JE N'EN AI PAS BESOIN D'UNE DOUZAINE, CHEF ! JE VOUS EN SUPPLIE !
SON CHEF, TAKASHI KURIHARA, EST UN VRAI TYRAN DE LA PROPRETÉ
CHEF, ÇA SUFFIT COMME ÇA, NON ?
AUJOURD'HUI, NOUS ACCUEILLONS UN NOUVEAU MEMBRE...

S'IL COMMENCE SON PREMIER JOUR COMME ÇA, ÇA NE VA PAS LE FAIRE !
ISAMU KATSURAGI, LE DON JUAN DU BUREAU, SURNOMMÉ LE "TOUTOU DU CHEF" ♡
LA PREMIÈRE IMPRESSION, C'EST TRÈS IMPORTANT, NON ?
VOUS DEVRIEZ ÊTRE PLUS SYMPA-THIQUE...
JE FAIS ÇA AFIN DE DIMINUER LE NOMBRE D'EMPLOYÉS QUI COMME TOI NE FONT PAS LE MÉNAGE ! TU AS ENCORE MANGÉ LÀ SANS NET-TOYER APRÈS !
AAH... UN SANDWICH CREVETTE AVOCAT
JE NE TE DEMANDE PAS LE MENU !
CHEF, CALMEZ-VOUS !
NOTRE NOUVELLE RECRUE NE S'EST PAS ENCORE PRÉSENTÉE
C'EST VRAI
JE M'APPELLE YU ENOMOTO ! JE SUIS FIER DE TRAVAILLER DANS CE BUREAU
ENCHANTÉ DE FAIRE VOTRE CONNAIS-SANCE
ENO-MOTO ?

SALUT
ISAMU, RAVI DE TE REVOIR
ぴっ
ON SE CONNAÎT ?
EUH... AH !
TU... INCROYABLE, C'EST TOI, YU ?!
RIEN D'INCROYABLE LÀ-DEDANS ! C'EST BIEN MOI !
TU NE M'AS PAS OUBLIÉ QUAND MÊME ?! C'EST PAS SYMPA...
LÀ N'EST PAS LA QUESTION, TU AS TELLEMENT GRANDI ALORS...
T'ES MÉCHANT ! J'ÉTAIS PAS SI PETIT QUE ÇA
UN AMI D'ISAMU ?
SON FRÈRE ÉTAIT DANS MA CLASSE ET NOUS ÉTIONS AMIS, ALORS ON S'AMUSAIT SOUVENT TOUS LES TROIS
IL EST COMME MON PETIT FRÈRE

LA DERNIÈRE FOIS QUE JE L'AI VU, IL ÉTAIT ENCORE À L'ÉCOLE PRIMAIRE
JE VOIS, C'EST UN AMI D'ENFANCE
C'ÉTAIT AU COLLÈGE !
?!
TU M'AS VRAIMENT OUBLIÉ ?!
JE SUIS VEXÉ...
POUR TOI, J'AI TOUJOURS ÉTÉ UN GAMIN, ET JE CONSTATE QUE C'EST COMME ÇA QUE TU ME CONSIDÈRES ENCORE
J'EN ÉTAIS SÛR
ガタ
YU
VOILÀ POURQUOI J'AI POSTULÉ DANS TA SOCIÉTÉ, AFIN DE VOUS SURPRENDRE MON FRÈRE ET TOI !

YU
OUI ?
TU POURRAIS DEMANDER AVANT DE T'ASSEOIR !
ISAMU ET MOI SOMMES TES SUPÉRIEURS, ET ICI CE N'EST PAS LA CANTINE DE L'ÉCOLE, COMPRIS ?
OUI, JE SUIS DÉSOLÉ...
PARDON CHEF, C'EST EN PARTIE MA FAUTE...
JE N'AI RIEN DIT QUI NE SOIT PAS JUSTIFIÉ
ALORS POURQUOI JE ME SENS COUPABLE ?
C'EST DONC LA JALOUSIE QUI M'A POUSSÉ À AGIR COMME ÇA...

ISAMU, TU VEUX BIEN ME FORMER ?
HEIN ?!
JE VEUX APPRENDRE TRÈS VITE ET JE SAIS QU'AVEC TOI, J'Y ARRIVERAI RAPIDEMENT ALORS... ÇA NE VOUS DÉRANGE PAS, CHEF ?
JE PENSE QUE CE SERA ÉGALEMENT UNE BONNE EXPÉRIENCE POUR ISAMU, IL EST TEMPS QU'IL S'INITIE À LA FORMATION
TCHAC
COOL !
CHEF ?!
JE PARS EN PREMIER, J'AI DU TRAVAIL
ガタ
ATTEN-DEZ...
CHEF, ATTENDEZ-MOI !
LE CHEF KURIHARA...
MIAM

RETIREZ CE QUE VOUS VENEZ DIRE ! SI VOUS LE LAISSEZ AVEC MOI, VOUS POUVEZ ÊTRE SÛR QU'IL NE VA PLUS ME LÂCHER PAR LA SUITE !
C'EST... ÇA PEUT DEVENIR TERRIBLE ! DE PLUSIEURS FAÇONS...
TU CONNAIS UN SUPÉRIEUR QUI REFUSERAIT D'AIDER UN DE SES EMPLOYÉS MOTIVÉS ?
VENEZ UN PEU PAR LÀ !
QUOI ?!
RETIREZ-MOI CETTE MISSION ! VOUS N'AVEZ QU'À DIRE QUE C'EST UN ORDRE VENU D'EN HAUT !
MEN
QU'EST-CE QUE JE PEUX LUI DIRE ?! NE T'APPROCHE PAS ! NE LE TOUCHE PAS !
ESSAIE UN PEU ! TU VEUX VRAIMENT QUE TOUT LE MONDE DÉCOUVRE LA VÉRITÉ, C'EST ÇA ?!
CHEF, VOUS PARLEZ TROP FORT ! NE SOYEZ PAS EN COLÈRE COMME ÇA !
JE NE SUIS PAS DU TOUT EN COLÈRE, POURQUOI TU DIS ÇA ?
JE VOUS L'AI DIT ! JE LE CONSIDÈRE COMME MON PETIT FRÈRE, ALORS N'Y VOYEZ AUCUNE MENACE !

HÉ HÉ
MAIS BON, JE DOIS BIEN AVOUER QUE ÇA ME FAIT PLAISIR DE SAVOIR QUE VOUS ÊTES JALOUX...
JE RESTE SUR MA POSITION !
HEIN ?!
S'IL TE COLLE COMME UN PETIT TOUTOU, C'EST PARCE QUE TU ES BIEN TROP GENTIL AVEC LUI
ASSUME TES RESPONSABI-LITÉS ! À TOI DE LUI FAIRE COMPRENDRE...
QU'IL...
N'A PAS LE DROIT DE VENIR DANS TON LIT !
JE NE LE LAISSERAI PAS FAIRE !

MEN
PARCE QUE S'IL LE FAIT, JE NE LUI PARDONNERAI PAS
OUI OUI
VOUS ÊTES TRÈS MIGNON QUAND VOUS ÊTES JALOUX, CHEF
IMBÉCILE !
ISAMU, J'AI BESOIN DE CE DOCUMENT POUR DEMAIN MATIN DONC...
BUREAU D'ÉTUDES
J'AI COMPRIS
ISAMU, MON ÉCRAN AFFICHE UNE ERREUR...
JE SUIS DÉSOLÉ, JE VAIS M'EN OCCUPER TOUT DE SUITE !
MAIS QU'EST-CE QUE TU FABRIQUES, YU ?!

C'EST VOUS QUI M'AVEZ DEMANDÉ DE M'OCCUPER DE LUI !
JE SAIS BIEN QUE CE PETIT JEU PEUT DURER INDÉFINIMENT MAIS...
QU'EST-CE QU'IL ME PREND ?!
ÇA M'ÉNERVE D'ÊTRE JALOUX
MESSIEURS ENOMOTO, NOMURA, OKADA, MORISHITA, BIENVENUS AU BUREAU DES ÉTUDES
JE PORTE UN TOAST À VOTRE ARRIVÉE DANS LA SECTION !
ISAMU, IL MANQUE UNE CARAFE DE THÉ !
JE L'AI POURTANT COMMANDÉE TOUT À L'HEURE... EXCUSEZ-MOI !
CE SERAIT PLUS RAPIDE D'ALLER LA CHERCHER ! VAS-Y, ISAMU !
BON SANG, C'EST PAS VRAI...
J'Y VAIS, SI TU VEUX ?
C'EST BON, C'EST UNE FÊTE EN VOTRE HONNEUR DONC RESTE ASSIS !

D'AC-CORD
JE VOUS LAISSE FAIRE
POUR-QUOI...
POURQUOI IL S'EST ASSIS À CÔTÉ DE MOI ?!
YU, POURQUOI TU NE T'ASSIEDS PAS À CÔTÉ D'ISAMU ?
JE VOULAIS PARLER UN PEU AVEC VOUS... ÇA VOUS GÊNE ?
NON PAS DU TOUT... MAIS DE QUOI VEUX-TU ME PARLER ?
ぶほっ
J'AI ENTENDU DIRE QUE VOUS ÉTIEZ FIANCÉ À LA NIÈCE DU PRÉSIDENT MAIS QUE FINALEMENT ELLE S'EST MARIÉE AVEC UN EMPLOYÉ DE LA SECTION COMMERCIALE... QUELLE MÉSAVENTURE !
MALGRÉ TOUT, VOUS ÊTES RESTÉ DANS LA SOCIÉTÉ ET VOUS ÊTES L'UN DES MEILLEURS EMPLOYÉS... OUAH, JE VOUS RESPECTE BEAUCOUP !
OUF
OUF
ÇA, C'EST ISAMU QUI T'EN A PARLÉ ?
NON, CE SONT LES FILLES DU BUREAU...

MAIS BON, TOUTES CES RUMEURS, OU MÊME TOUTE CETTE HISTOIRE, VOUS VOUS EN FICHEZ, NON ?
VOUS CACHEZ UN SECRET ET FINALEMENT VOUS ÊTES CONTENT QUE LA SITUATION SE SOIT TERMINÉE AINSI, NON ?
YU... À QUOI TU JOUES ?!
JE CROIS QUE J'AI DÉCOUVERT VOTRE PETIT SECRET... ON VA DIRE QUE C'EST L'INTUITION PRO-FESSIONNELLE ! UNE HISTOIRE ENTRE VOUS ET MOI
EN FAIT, JE SUIS GAY
J'AI ÉGALEMENT DEVINÉ QUI VOUS REGARDIEZ SANS CESSE EN PENSANT À CERTAINES CHOSES !

SUGITA, DÉSOLÉ ! JE VIENS DE ME SOUVENIR QUE J'AI UN RENDEZ-VOUS AVEC LE DIRECTEUR ! JE TE LAISSER GÉRER LA SUITE !
HEIN ?!
CHEF, ON COMMENCE TOUT JUSTE À S'AMUSER !
MAIS OÙ EST LE CHEF ?
IL AVAIT UN RENDEZ-VOUS AVEC LE DIRECTEUR
C'EST QUOI CETTE HISTOIRE ?! LE GRAND PATRON NOUS A ABANDONNÉS...
HA HA HA
VOILÀ, IL RECOMMENCE À JOUER AU TOUTOU !
QUE FAIRE ?
IL A DÉCOUVERT LA VÉRITÉ À CAUSE DE MOI !

JE VAIS FAIRE MA TOURNÉE ! YU, TU VIENS AVEC MOI !
OUI
HIER SOIR, ISAMU ÉTAIT TROP IVRE POUR QUE JE PUISSE LUI EN PARLER AU TÉLÉPHONE…
JE N'AI PAS ARRÊTÉ DE RESSASSER CETTE HISTOIRE DANS MA TÊTE ET JE N'AI FINALEMENT PAS PU FERMER L'ŒIL DE LA NUIT
J'AI COMMIS UNE MALADRESSE, VOILÀ POURQUOI IL A DÉCOUVERT LA VÉRITÉ
JE PENSE QUE JE VAIS DEVOIR LUI DIRE DEUX MOTS EN TÊTE À TÊTE

NOUS SOMMES DE RETOUR
J'AI PRÉSENTÉ YU À TOUS LES SERVICES ET TOUT LE MONDE L'A BEAUCOUP APPRÉCIÉ
BON TRAVAIL
CE SONT DES FÉLICITATIONS ?
ÇA VEUT DIRE QUE TU DOIS ESSAYER DE T'AMÉLIORER ! IMBÉCILE !
YU, TU VIENS JUSTE DE RENTRER, MAIS J'AIMERAIS QUE TU T'OCCUPES DE RÉUNIR LES DOCUMENTS DE CE DOSSIER
HEIN ? MOI ET PAS ISAMU ?!
OUI, TOI
C'EST UN CONTRAT QUE NOUS VENONS TOUT JUSTE DE CONCLURE AUJOURD'HUI
JE COMPTE SUR TOI !

Une fois terminé, rendez-vous dans la salle de conférence numéro une
C'EST GÉNIAL, YU ! ÇA PROUVE QUE LE CHEF TE FAIT CONFIANCE ! BON COURAGE !
AH... MERCI
HEIN ?
BRR
JE VAIS RESTER UN PEU TARD CE SOIR, ON SE RETROUVE CHEZ MOI
HUM... UNE INVITATION DE LA PART DU CHEF, ÇA FAISAIT LONGTEMPS !
AUJOUR-D'HUI, HORS DE QUESTION DE FAIRE DES HEURES SUPPLÉ-MENTAI-RES !
ALORS BOSSE UN PEU, ISAMU !

SI JE N'ARRIVE PAS À LE RAISONNER…
JE VAIS DEVOIR PENSER À CHANGER D'EMPLOI…
TOC TOC
EXCUSEZ-MOI
CHEF
CLAC
JE SUIS DÉSOLÉ D'AVOIR EU RECOURS À CETTE MASCARADE POUR TE FAIRE VENIR LÀ
CE N'ÉTAIT EN AUCUN CAS UN FAUX DOSSIER
TIENS, TIENS, C'EST DANGEREUX !
VOUS N'AVEZ PAS PENSÉ QUE J'AURAIS PU DIVULGUER CE DOSSIER TOP SECRET À CERTAINES PERSONNES ?

J'AIMERAIS BIEN SAVOIR COMMENT VOUS AVEZ RÉUSSI À PRENDRE ISAMU DANS VOTRE FILET ?
EUH...
MAIS DE QUOI TU PARLES ?!
VOUS N'AVEZ RIEN FAIT ? ÉTRANGE... SI ISAMU ÉTAIT GAY, J'AURAIS DÉJÀ RÉUSSI À L'AVOIR POUR MOI !
MAIS VOILÀ QUE MAINTENANT QUE JE L'AI RETROUVÉ, JE DÉCOUVRE QU'IL EST AVEC SON CHEF, UN HOMME DE LA TRENTAINE QUI PLUS EST !
ÇA M'A BEAUCOUP SURPRIS AU DÉPART, MAIS MAIN-TENANT ÇA M'EMBÊTE VRAIMENT !
ET SI VOUS VOUS TROUVIEZ QUELQU'UN D'AUTRE AVEC QUI PASSER VOS NUITS ?!
SINON, JE DIVULGUE CE DOSSIER TOP SECRET ET VOUS SEREZ LICENCIÉ !

FAIS COMME IL TE PLAIRA !
HEIN ?! CE NE SONT PAS DE SIMPLES MENACES, JE SUIS TRÈS SÉRIEUX !
SI TU METS TES MENACES À EXÉCUTION, CE SERA DE MA FAUTE PARCE QUE JE N'AURAI SU OBTENIR LA CONFIANCE DE MES EMPLOYÉS
DANS CE CAS, J'AC-CEPTERAI LA PUNI-TION QUI ME SERA DONNÉE
CEPENDANT... TU AURAS BEAU ME MENACER, JE NE CHANGERAI PAS D'AVIS
JE...
J'AIME ISAMU !
ET MÊME SI TU ME DEMANDES DE CHANGER ÇA, J'EN SUIS INCAPABLE

ARRÊTEZ DE VOUS LA JOUER !
VOUS L'AIMEZ AU POINT DE DÉTRUIRE VOTRE CARRIÈRE ?!
ÇA SUFFIT !
JE N'AI JAMAIS RÉUSSI À LE DIRE...
J'AVAIS PEUR QU'IL ME DÉTESTE ALORS J'AI TOUJOURS GARDÉ ÇA AU FOND DE MOI MAIS...
VOUS ME FAITES VRAIMENT CHIER !
JE VIENS DE PERDRE MON PREMIER AMOUR ET VOILÀ QUE C'EST MOI QUI PASSE POUR UN IMBÉCILE !
DÉSOLÉ...

JE SUIS DÉSOLÉ…
DE T'AVOIR PRIS L'HOMME QUE TU AIMAIS
À CE MOMENT, J'AI À NOUVEAU RÉALISÉ QUE J'AIMAIS ISAMU
JUSQU'À CES DERNIERS TEMPS, MA CARRIÈRE PASSAIT AVANT TOUT, MÊME L'AMOUR…
CHEF, VOUS ÊTES RENTRÉ !
J'AI PRÉPARÉ LE DÎNER ET J'AI FAIT COULER UN BAIN !
HUM

MAIS MAINTENANT, IL ME SUFFIT DE PENSER À ISAMU POUR SAVOIR QUE JE ME TROMPAIS
VOUS VOULEZ MANGER AVANT ?
OU BIEN UN BAIN D'ABORD ?
OU BIEN MOI EN PREMIER ? NON QUAND MÊME PAS...
À TEL POINT QUE J'EN AI ASSEZ DE TOUT ÇA
RIEN NE COMPTE DÉSORMAIS PLUS QUE LUI

CH... CHEF...
J'AI ENVIE DE TOI
HEIN ?
J'AI ENVIE DE FAIRE L'AMOUR AVEC TOI, LÀ MAINTENANT !
HUM...
HUM
HUM
CHEF...
QUE S'EST-IL PASSÉ ?
C'EST BIEN LA PREMIÈRE FOIS QUE VOUS FAITES ÇA...

SMACK
TU ES CONTRE ?
OUAAH... TROP SEXY
FHH...
NON... BIEN AU CONTRAIRE
MAIS...
MAIS QUOI ?
ÇA FAIT DÉJÀ UN MOMENT ET VU COMMENT VOUS ME CHAUFFEZ, JE NE VAIS PAS TARDER À JOUIR...
OUAH ! ATTENDEZ !
CHEF, RECULEZ-VOUS, ÇA CRAINT !
AAH...
AAH

OUPS !
AAAH... JE SUIS DÉSOLÉ, JE VAIS CHERCHER QUELQUE CHOSE POUR VOUS NETTOYER
NON, JE PENSE QU'UNE DOUCHE SERA PLUS APPROPRIÉE
C'EST CHAUD...
ぬる
JE NE SAVAIS PAS QUE ÇA POUVAIT...
ÊTRE AUSSI CHAUD
C'EST BON DE SENTIR...
AH
AH
TA CHALEUR...
LA PROCHAINE FOIS, JE VEUX QUE TU JOUISSES À L'INTÉRIEUR DE MOI

AAAH...
OOH
AAAH...
VOUS N'AVEZ PAS MAL, ÇA VA ?
NON...
DITES-MOI SI C'EST TROP DOULOUREUX
JE SUIS TROP EXCITÉ POUR ME RENDRE COMPTE DE QUOI QUE CE SOIT
MOI AUSSI...
JE ME SENS TOUT BIZARRE...
JE SUIS SI HEUREUX D'ÊTRE CONNECTÉ À TOI... JE SENS QUE JE VAIS JOUIR...

CHEF...
AAH !
AAH ! SI TU Y VAS AUSSI FORT...
AAH ! AAH !
JE VAIS VRAIMENT JOUIR !
OUAAH
AAH AAH OOOH...
JE N'ARRIVE PAS À Y CROIRE, VOUS LE MANIAQUE...
VOUS ÊTES RECOUVERT DE MON SPERME...
AAH...
JE SUIS SÛR QUE VOUS N'AVEZ QU'UNE ENVIE, PRENDRE UNE DOUCHE ?
AAH... ENCORE...
N... NON
COMMENT VOULEZ-VOUS QUE JE VOUS PRENNE ?

J'AI ENCORE ENVIE DE TOI...
JE VEUX QUE TU JOUISSES ENCORE EN MOI, JE VEUX QUE TU ME REMPLISSES DE TON SPERME...
ÇA CRAINT, CE QUE VOUS VENEZ DE ME DIRE M'A EXCITÉ UN MAX, JE VAIS JOUIR TOUT DE SUITE
JE DOIS TENIR LE COUP
AAH
OOH
ISAMU, C'EST BOOOON... JE LA SENS BIEN...
VAS-Y, ÉJACULE EN MOI ! LÂCHE LA DOSE !
AAH !
AAH !
AAH !

OOOH...
AAH
AAH...
OOH
AAAH...
HEIN ?!
YU A DÉCOUVERT LA VÉRITÉ !
IL VOUS A FAIT DU CHAN-TAGE ?!
MAIS À QUOI IL JOUE ?
DÉSOLÉ, JE VAIS LUI PARLER TOUT DE SUITE !
C'EST BON ! JE L'AI DÉJÀ FAIT ET IL SEMBLE AVOIR COMPRIS
JE PENSE QUE ÇA DOIT ÊTRE DUR POUR LUI DE TE VOIR AVEC MOI

MON AMOUREUX...
EST UN HOMME SÉDUISANT ET CRUEL, VOILÀ DE QUOI IL S'AGIT
HEIN ?! DE QUOI VOUS PARLEZ ?!
CRUEL ?
SÉDUISANT ?
IL M'A FAIT UN COMPLIMENT ?
JE MANQUE DE SOMMEIL... JE VAIS ME COUCHER, BONNE NUIT
BONNE NUIT ? ET LE REPAS ?
BONJOUR CHEF
BONJOUR ISAMU ! VOUS ARRIVEZ ENSEMBLE AU BOULOT... VOUS VOUS ENTENDEZ BIEN À CE QUE JE VOIS
HA HA... BONJOUR...

UN POT AU FEU DÈS LE MATIN, C'EST UN PEU HARD ! EN PLUS, J'AI TROP MANGÉ
EUH...
BOF
IL FALLAIT LE MANGER PLUTÔT QUE DE LE JETER, C'EST VOUS QUI L'AVEZ DIT, NON ?!
CHEF ! BONJOUR !
どーん
Y... YU... ?!
ÉCOUTEZ ! JE N'AI PAS ARRÊTÉ DE PENSER À VOUS HIER SOIR, IMPOSSIBLE DE FERMER L'ŒIL !
ET FINALEMENT...
TU AS L'AIR TRÈS EN FORME POURTANT...
JE CROIS QUE JE SUIS TOMBÉ AMOUREUX DE VOUS... ♡
HI HI ♡
LE GRAND AMOUR
YU... QU'EST-CE QUE TU RACONTES ?!
ATTENDS... JE CROYAIS QUE TU AIMAIS ISAMU ?!
C'EST DU PASSÉ ! MAINTENANT NOUS SOMMES AMIS...

HOUSEKEEPER OF BUSINESS SUIT – END

◆ PREMIÈRES PARUTIONS ◆

HOUSEKEEPER OF BUSINESS SUIT / MAGAZINE B-BOY AVRIL 1993
WOLF MAN À PARTIR DE 5H DE L'APRÈS-MIDI / FANZINE
LE CARNET DE RENDEZ-VOUS DU DOCTEUR ARIMA / FANZINE
POUR QUI SONNE LE GLAS / MAGAZINE B-BOY JUIN 1993
WOLF MAN À PARTIR DE 5H DE L'APRÈS-MIDI, SUITE ?! / INÉDIT
HOUSEKEEPER OF BUSINESS SUIT / MAGAZINE BE X BOY JUILLET, AOÛT 1997
LE CARNET DE RENDEZ-VOUS DU DOCTEUR ARIMA, 2E PARTIE / MAGAZINE BE X BOY NOVEMBRE 1996
HOUSEKEEPER OF BUSINESS SUIT / BE.BOY GOLD FÉVRIER 2009

COLLECTIONS
BOY'S LOVE

Piyoko CHITOSE

Le Fruit de toutes les convoitises

Nombre de volumes : One shot
Code prix : TK 2
Genre : Comédie / Sentimental

Le Fruit de toutes les convoitises est un Boy's Love pur et dur qui ravira les fans du genre ! Partant d'une situation ordinaire, l'œuvre multiplie les traits d'humour et les situations rocambolesques où la vertu du héros sera malmenée au gré des envies délirantes de l'auteur. Âmes trop chastes s'abstenir !

You HIGURI

Gakuen Heaven

Nombre de volumes : 4 (en cours)
Code prix : TK 21
Genre : Comédie / Sentimental

Le lycée Liberty Bell ! Un établissement paradisiaque où vivent en autarcie les éléments les plus brillants de la jeunesse japonaise. Sport, sciences, littérature... Quel que soit le domaine, chaque élève du Liberty Bell est un diamant qui ne demande qu'à être taillé pour devenir l'élite de la société. Quand Keita Ito, le nouvel élève, arrive il doit faire face à un défi de taille : ne possédant aucun don particulier, il va devoir se faire sa place au paradis !

Kazuma KODAKA

Kizuna

Nombre de volumes : 11 (en cours)
Code prix : TK 2
Genre : Sentimental / Érotique

Ranmaru et Kei vivent ensemble depuis leur entrée à l'université. Ils mènent leur petite vie paisible à l'abri dans leur studio. Pourtant, ils semblent toujours dérangés par tout le monde et n'importe qui... Et comme Ranmaru est trop gentil mais Kei très jaloux, tout ne se passe pas toujours pour le mieux dans le meilleur des mondes. Surtout lorsque Kaï, le demi-frère de Kei, s'invite chez eux et semble déterminé à séduire Ranmaru... C'est le commencement d'interminables soucis !

HOUSEKEEPER OF BUSINESS SUIT

One shot

Originally published in Japan in 2009 by Libre Publishing Co., Ltd., Tokyo.
French translation rights arranged with Libre Publishing Co., Ltd.
Through TOHAN CORPORATION, Tokyo

6, cité Paradis – 75010 Paris
Site internet : www.editions-tonkam.fr
E-mail : ecrivez-nous@tonkam.com

Traduction et adaptation : Simon Rodrigues
Lettrage et maquette : Éditions Tonkam

1re édition française : février 2010

Achevé d'imprimer en Italie en janvier 2010
sur les presses de l'imprimerie Grafica Veneta - Trebaseleghe (Padova)
Dépôt légal : février 2010

ISBN vol. original : 978-4-86263-543-3
ISBN : 978-2-7595-0384-1

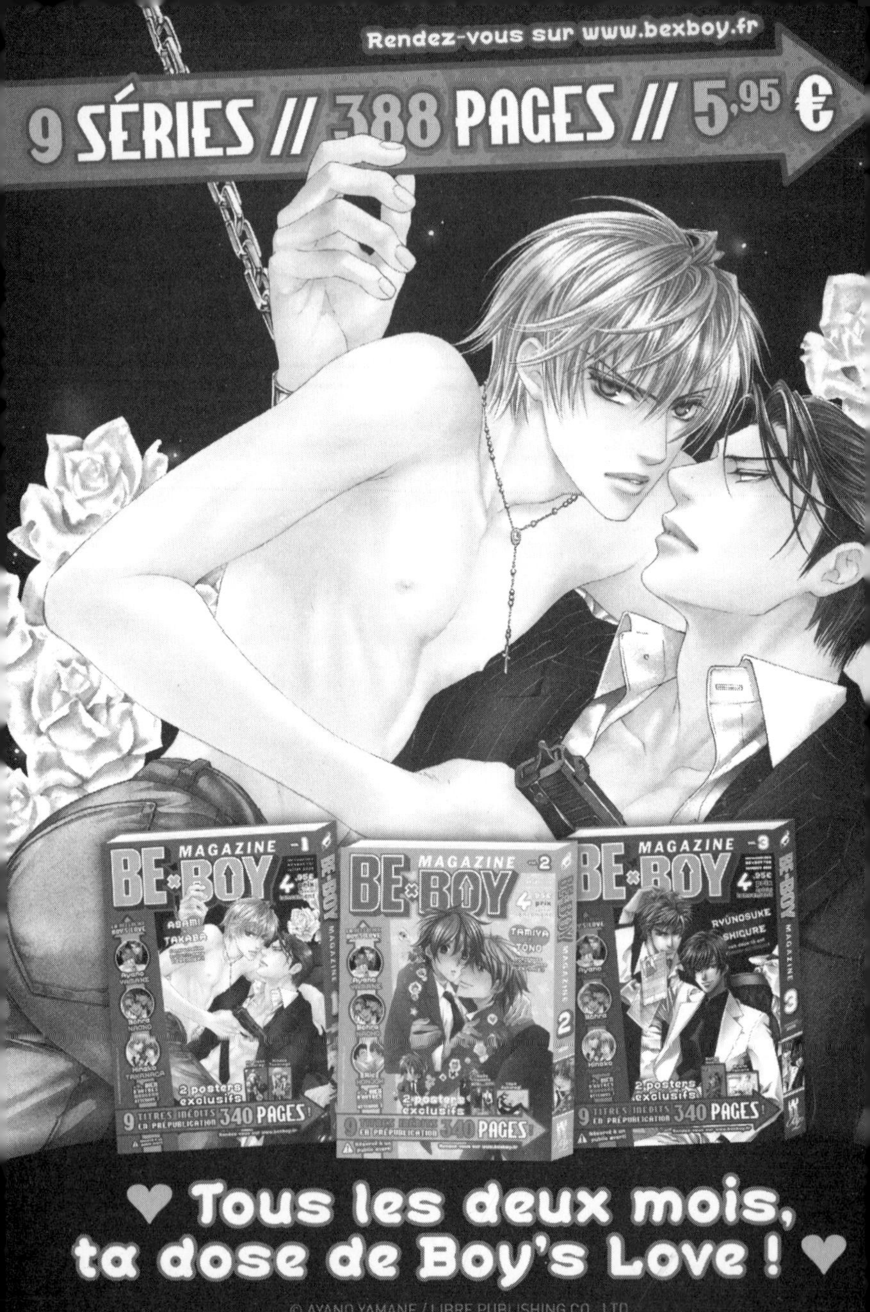
Rendez-vous sur www.bexboy.fr
9 SÉRIES // 388 PAGES // 5,95 €
Tous les deux mois,
ta dose de Boy's Love !